TENDRES TÉNÈBRES

DU MÊME AUTEUR

Aux éditions Viviane Hamy

L'ombre douce
Sous le ciel qui brûle
Le cri de l'aurore

Aux éditions de l'Harmattan

Parfums
Déserts

Aux éditions l'Atelier des noyers

Feuilles sous le vent

HOAI HUONG NGUYEN

TENDRES TÉNÈBRES

ÉDITIONS VIVIANE HAMY

D'après une conception graphique de Pierre Dusser
Illustration de couverture : François Roca © Flammarion
ISBN : 9782381400433

Ces serments, ces parfums, ces baisers infinis,
Renaîtront-ils d'un gouffre interdit à nos sondes,
Comme montent au ciel les soleils rajeunis
Après s'être lavés au fond des mers profondes ?
– Ô serments ! ô parfums ! ô baisers infinis !

Charles Baudelaire

Ce soir où nagent scintillantes des myriades d'étoiles
Sur le fleuve Mê Hà au balancement des vagues incessantes
Ma barque à la dérive dans la solitude désolée
A-t-elle pu te rejoindre ? A-t-elle abordé à ton cœur ?

Hàn Mặc Tử

I

Le ciel était clair après l'orage ; le soleil transperçait les nuages et dardait sur la mer des étincelles mauves. En haut de la falaise, la morsure du vent était vive, comme l'éclat de l'eau et l'appel du vide ; en contrebas, les vagues fleurissaient en volutes d'écume, et leur murmure s'élevait vers le cimetière marin, mêlé aux cris des goélands. Je venais chaque jour lui rendre visite : là, sous la terre, elle dormait entre les genêts et la bruyère. Dans les profondeurs de la tombe, avait-elle toujours la pâleur de cette nuit-là ? Sur le tapis où je l'avais trouvée, ses jambes s'étaient recroquevillées en un geste de pudeur, du sang s'écoulait des trous rouges entre ses seins – atroce vision. À cet instant, j'avais fermé les yeux et senti son âme glisser en moi. C'était une douce impression, celle d'un ruisseau qui se jette dans une rivière. Il n'y avait rien d'explicable, c'était comme si mon désir de la retenir avait été plus fort que la mort.

Depuis, elle hantait mon esprit troublé. Dans mes rêves, je la voyais à travers une brume où passaient des lueurs colorées, une constellation d'ailes tremblantes… Au milieu de cette étrange clarté, je pouvais lui parler et elle me répondait dans une langue qui n'était faite ni de signes, ni de sens, semblable à une simple brise. Où étions-nous ? Une présence nous entourait, elle et moi, et nous menait vers un scintillement de pourpre et d'éclairs. Je n'étais plus là, mais nulle part, en elle et hors d'elle, dans un autre temps, une splendeur indéfinie. Je me perdais dans cet océan inconnu qui m'emportait dans ses tourbillons glacés… Puis la vision se dissipait peu à peu, et je revenais à moi avec une douleur, une joie folle – elle n'est pas morte, son âme vit en moi.

La première fois que j'avais vu Annabel, c'était à l'église Sainte-Lucie. Je me trouvais à la tribune de l'orgue et feuilletais une partition en attendant le début de la messe. Elle entra, silhouette fine et intrigante en robe lilas. Elle avait les cheveux d'un noir profond et brillant ; ils étaient relevés sur une nuque de lait – j'avais alors imaginé un corps délicieux et diaphane – une fraîche douceur me traversa, comme une étreinte. Elle s'assit au milieu de la nef pour observer l'architecture. La voûte ogivale s'élevait à une grande hauteur : ses nervures se croisaient sous des clés ornées d'étoiles et leurs arcs reposaient sur des piliers soutenus par des colonnes sculptées. À gauche du chœur, il y avait une chapelle dédiée à la Vierge, et à droite se dressait une statue de sainte Lucie représentée avec une coupelle contenant ses yeux. Le chevet était fleuri d'une rosace flamboyante qui dominait trois lancettes en trèfle ; la lumière matinale traversait les vitraux et projetait dans l'édifice un voile d'ambre, d'émeraude et de vermeil.

Quand la cloche tinta, je pris place à l'orgue d'où je pouvais toujours voir l'inconnue. Je posai les premières notes du chant d'entrée, et elle tourna la tête vers moi – la beauté de son visage d'étrangère me saisit au cœur. Elle avait les yeux bridés, le teint pâle, les joues roses, la bouche amoureuse ; sur son front, des mèches légères, une délicatesse orientale. J'eus l'impression que son regard était violet… Il y avait en elle quelque chose de libre et de solaire – un air indéfinissable, à la fois triste et audacieux, une passion printanière à laquelle s'attachait aussi la mélancolie… Le père Laurent s'avança vers l'autel, précédé de trois enfants de chœur qui portaient des cierges et une croix. Ce vieil homme austère aux cheveux gris venait d'une famille de paysans de l'Oise. Il exerçait son ministère à Blancheville depuis plus de vingt ans, et, malgré l'âge, il continuait à chanter les cantiques de sa voix rude et grave, en montrant à l'assemblée de larges épaules face à l'autel. Il était habituellement accompagné par Paul Lessay, un musicien aussi réputé pour ses concerts de piano et d'orgue que pour sa propension à boire. On le voyait souvent passer des journées ou des soirées entières au Café de la Mairie… Certains samedis, quand on devinait qu'il se coucherait trop ivre pour jouer à l'office du lendemain, on faisait appel au jeune élève que j'étais afin de le remplacer.

La messe se déroula ce jour-là selon le rituel ordinaire : le *Kyrie*, le *Gloria*, les lectures, le psaume, puis l'homélie que j'écoutai avec la plus grande distraction… Lorsque vint l'offertoire, le silence se fit dans l'église ; mon cœur se mit à battre plus fort, mes mains devinrent moites. J'avais préparé pour l'occasion un prélude de Bach. Mon trouble me fit errer sur les premiers arpèges, mais je me ressaisis aussitôt et jouai le morceau avec toute la ferveur dont j'étais capable. J'avais l'obscur sentiment qu'il m'offrait une manière de parler secrètement à l'inconnue, de lui dire que je n'avais jamais vu un si beau visage, une telle grâce – que je l'aimais déjà sans savoir pourquoi d'une vibrante passion qui me submergeait… Dans l'intervalle, le prêtre alla à la chapelle de la Vierge où se trouvait le tabernacle ; il s'agenouilla, prit le ciboire et le calice qu'il porta à l'autel. L'offertoire s'achevait et laissait place à l'eucharistie où le pain et le vin devenaient corps et sang divins ; puis suivirent la communion et un *Ave Maria*. Pendant que s'élevaient les bruits de la fin de la messe, j'arrêtai la soufflerie de l'orgue, je replaçai les registres, recouvris les claviers et dévalai l'escalier en colimaçon de la tribune dans l'espoir d'approcher l'inconnue. Elle était déjà sortie, et je n'aperçus que sa silhouette qui s'éloignait sur le chemin de la mer.

J'entendis alors des bribes de conversations sur le parvis de l'église ; naturellement, elle n'était pas passée inaperçue. Le sacristain était entouré de quelques personnes dont la boulangère et sa sœur, redoutables commères. Avez-vous vu cette femme ? lança la première... Elle est élégante – fine – un peu sauvage – quelle physionomie incroyable ! – moi, je ne la trouve pas belle du tout – elle a un drôle de visage et des yeux de chat – je n'avais jamais vu quelqu'un comme ça – je l'ai entendue dire qu'elle vient de New Forest dans le Sussex – elle est anglicane – cela explique qu'elle n'ait pas communié. C'est une métisse, ajouta la boulangère, en faisant résonner le mot : je le tiens de Justine qui était de service au café quand les gars qui ont déménagé ses affaires y sont allés déjeuner... Ils lui ont raconté qu'elle a un père anglais et une mère asiatique – du Japon ou de la Chine ? Peut-être – aucune idée. Toujours est-il qu'ils sont allés chercher ses meubles dans un manoir plein d'objets bizarres et précieux. Ils ont dû porter des caisses de tableaux, de bibelots, de livres et de vaisselle qui ont rempli leur camion – un deuxième devrait arriver bientôt avec le reste du chargement – elle s'appelle Annabel Hardy – elle vit seule et s'est installée ici pour on ne sait quelle raison... Où a-t-elle emménagé ? demanda la boulangère. Une voix répondit : dans la maison de la falaise. À ces mots, un murmure s'éleva : un mélange de gêne et d'appréhension. Les croyances associées à ce lieu étaient tenaces. La raison n'y pouvait rien : de vieilles superstitions entouraient la ville d'une atmosphère empoisonnée où se profilait le visage infernal du destin.

II

Blancheville était un village du sud de la baie de Somme souvent noyé dans une brume marine qui formait des langues vaporeuses – on disait que c'était de là que lui venait son nom. L'imagination y était fertile : depuis toujours on avait l'impression d'y voir d'inquiétantes créatures surgir des nuées pour abuser les hommes. La contrée regorgeait d'histoires de fantômes et de légendes qui rappelaient celles de la Normandie voisine où s'affrontaient saint Michel et le diable. La maison d'Annabel avait été construite à la fin du dix-neuvième siècle et faisait l'objet d'étranges fables parce qu'elle avait été édifiée sur un ancien temple païen. En creusant ses fondations, les terrassiers avaient découvert des ossements humains révélant qu'il y avait eu là autrefois un lieu de sacrifice. La plupart des gens du village avaient pensé qu'il fallait cesser les travaux et ne pas poursuivre la profanation. Les promoteurs immobiliers avaient méprisé leurs protestations : sous couvert de ne pas céder face aux vieilleries obscurantistes, ils s'étaient débarrassés des vestiges funéraires, et avaient terminé le chantier, aménageant de plus un grand jardin d'agrément face à la mer.

La maison avait ensuite été vendue à un avocat d'Amiens qui cherchait un lieu de villégiature. Peu après son emménagement, il avait été trouvé pendu dans l'une des chambres, sans que l'on ait jamais pu savoir si cela avait été un suicide ou un meurtre. On avait parlé d'histoires de vengeance ou de jalousie, de tortures cruelles et raffinées – on racontait que son corps avait été supplicié d'une effroyable manière avant sa mort et que sa famille avait caché les faits par crainte du scandale ou peut-être pour de plus secrètes raisons... Personne n'ignorait le sacrilège dont l'atroce pendaison sembla être le châtiment. Ces événements avaient laissé une empreinte funeste dans le village. Certains disaient que l'esprit de l'avocat hantait les lieux et qu'il s'y manifestait des choses inexplicables : des lueurs, des voix, des ombres maléfiques qui rejouaient la scène de sa mort. Cette aura malsaine ne quitta plus la demeure : elle fut revendue pour pas grand-chose, et restait depuis en location pour les gens de passage ; car personne ici n'eût songé à l'habiter. On y accédait par une rue en pente, le long d'un pré à l'abandon duquel partaient des sentiers qui sillonnaient la lande. Il n'y passait que peu de monde, et moi-même je ne m'y étais guère aventuré jusqu'alors, quoique je fusse né à Blancheville.

Cet après-midi-là, je montai vers la maison de la falaise avec ces vieilles croyances en tête – et je sentais mon cœur palpiter, sans savoir si c'était parce que je pensais à Annabel ou à cause de l'obscur climat des lieux. Lorsque j'arrêtai mes pas devant le portail, je constatai qu'il était fermé à clé. Il n'y avait pas de nom sur la boîte aux lettres, le battant de la cloche tenant lieu de sonnette avait été retiré et une rangée de thuyas dissimulait l'intérieur à la vue. Un mur en pierre rongé par la mousse séparait la propriété de la route sur une centaine de mètres. Je le longeai jusqu'à un endroit isolé et, prenant appui sur les creux dans les jointures, je réussis à grimper sur le bord recouvert d'un chaperon en tuiles abrité sous les arbres. De là, on apercevait une maison à colombage entourée d'une haie de buis, au milieu d'un jardin planté de chênes et d'érables. D'un côté, une allée de gravier menait vers la porte d'entrée, traversant une pelouse sur laquelle des roses et des hibiscus jetaient des notes de couleur. De l'autre, on avait aménagé une terrasse tournée vers la falaise surplombant la mer qui scintillait d'un bleu intense dans la douceur du mois de juin.

Les fenêtres étaient ouvertes et les rideaux tirés. J'entendis le son léger d'un gramophone : on distinguait un violon tour à tour langoureux et grinçant – puis les voix des instruments à vent se joignaient à lui, accompagnées par le gémissement des cordes et le rythme vif d'un xylophone. Je reconnus une valse affreusement gaie ou plutôt d'une jubilante tristesse : la *Danse macabre* de Saint-Saëns. Ce poème symphonique s'ouvrait par l'accord du diable, qu'on supposait jadis capable d'invoquer Lucifer dont il faisait résonner le rire. Il parlait avec ironie d'amours terrifiantes et révélait la présence de la Mort elle-même, avec ses fantômes lascifs et ses linceuls ; je frissonnai, me demandant par quelle fêlure intérieure on pouvait s'abandonner à son charme. Je restai là plusieurs heures, espérant qu'Annabel sortirait dans le jardin, en vain – et je repartis l'esprit plein de ténébreuses images, comme si cette musique avait imprimé en moi ses discordances. En redescendant la rue, je crus entrevoir une forme au bout du chemin, un homme en gris qui s'évanouit aussi vite qu'il était apparu, et je n'y prêtai guère attention. Il me restait peut-être encore une chance d'apercevoir Annabel avant la fin de la journée. On célébrait ce soir-là la fête de la Saint-Jean qui attirait toujours beaucoup de monde au village, aussi rentrai-je chez moi avec l'espoir que la curiosité l'y amènerait.

J'habitais avec ma mère et mon beau-père dans l'un des hameaux de Blancheville, situé entre des champs de blé. Mon père était mort dans les Ardennes en mai 1940 quand j'avais six mois. Après la guerre, ma mère s'était remariée à un fermier embourgeoisé du village, Pierre Ancelle, un homme sec et sévère, qui possédait des terres et un élevage de volailles. Ces secondes noces semblaient avoir rayé mon père de sa mémoire. Elle n'avait gardé aucun souvenir de sa vie d'avant et ne parlait pas de lui, comme s'il n'avait jamais existé. Alors que j'étais enfant, j'entendis un jour une voisine dire de moi : c'est le fils du pauvre Antonin Lebard qui est mort deux fois. Elle faisait allusion au fait qu'après la Libération, quand la mairie de Blancheville avait demandé la restitution des corps des soldats du village tombés au front, ma mère n'avait pas souhaité que fût rapatrié celui de mon père, préférant le laisser dans un cimetière militaire sur les bords de la Meuse. C'était sans doute par égard pour mon beau-père qui avait été exempté pour raison de santé, afin que la dépouille de mon père ne lui rappelât pas éternellement la chance insolente qu'il avait eue aux dépens d'un mort. Lorsque je fus en âge de comprendre, le choix qu'elle avait fait me parut insupportable et il fit naître en moi un ressentiment irrépressible. Au début de mon adolescence, nos liens se dégradèrent jusqu'à atteindre une froide indifférence, d'autant plus pesante que je n'avais jamais abordé le sujet avec elle, le laissant pourrir dans les limbes de la rancœur.

Mon beau-père et ma mère n'ont pas eu d'enfants. Elle le vécut comme une malédiction dans l'atmosphère superstitieuse si particulière à Blancheville, et je passai une enfance solitaire, à ressasser l'absence d'un père disparu que je ne pouvais pleurer parce que je ne l'avais pas connu. J'éprouvai davantage le manque d'une famille, de frères et sœurs avec lesquels j'aurais voulu grandir. Je crois avoir passé le plus clair de mon temps à me promener dans les alentours jusqu'à connaître par cœur les chemins, que j'aurais pu parcourir les yeux fermés. De là était né mon amour pour les paysages qui entouraient Blancheville : la campagne baignée de lumière ou de pluie et les falaises de craie qui se jetaient dans la mer. Je passais des heures à regarder l'horizon et les volées d'oiseaux, hirondelles et échassiers, qui traversaient la baie dans leurs migrations. Je m'aventurais aussi dans les forêts que j'imaginais peuplées d'histoires fantastiques… On y entendait le hululement des rapaces et les combats des chats sauvages – leurs miaulements effroyables ressemblaient à des gémissements humains… Depuis l'enfance, j'espérais y voir apparaître un fantôme ou une fée, et entendre la voix plaintive d'âmes disparues. Je restais persuadé que je verrais un jour des choses extraordinaires, à force de scruter l'inconnu avec détermination. Je passai mes années d'école à Blancheville et, à l'âge du collège, je fus envoyé dans une bonne pension d'Amiens car mon beau-père en avait les moyens. Comme je m'étais toujours senti mal à l'aise chez nous, ce départ constitua pour moi une aubaine. Je fus interne de la sixième à la fin du lycée et, avec les années, à force d'être loin de la maison, j'y étais devenu comme un étranger lorsque je rentrais. Cet été-là, je venais de passer mon bachot, j'allais avoir dix-huit ans en novembre ; et, à l'automne, je devais aller à Paris commencer des études de lettres à la Sorbonne.

Je ressortis au début de la soirée pour me rendre à la fête de la Saint-Jean : on avait gardé à Blancheville la tradition de célébrer le passage à l'été par des feux de joie, bien que la procession en l'honneur de l'évangéliste eût été supprimée depuis longtemps. Je me dirigeai vers le bourg qui se divisait en deux parties. D'un côté, il y avait la vieille ville où s'étaient conservés une tour médiévale et un ancien couvent, encadrés par des rues pavées et des maisons nobles. De l'autre se trouvait la partie plus moderne avec les différents commerces, le long d'une grand-rue qui débouchait sur la place du marché abritée sous des tilleuls. Non loin, la mairie avait été construite dans un style caractéristique de la IIIe République au milieu d'un parc verdoyant. Près de l'entrée, sur une grande étendue de graviers, on avait installé un bûcher constitué de fagots de bois sec et d'ajoncs entassés sur une épaisse couche de paille. Je trouvai un banc à l'écart sous un arbre où je m'assis afin d'observer la foule qui bavardait dans une ambiance bruyante et joyeuse, en attendant le début des festivités. La plupart des commerçants de Blancheville étaient là : le boulanger et sa femme, les bouchers-charcutiers, les épiciers, la mercière, les patrons et les serveuses du café dont les enfants jouaient à se poursuivre, tout excités d'être encore debout à cette heure. Je reconnus d'anciens camarades d'école ; je ne cherchai pas à leur parler, car je n'avais gardé aucun contact après mon départ pour Amiens. Je remarquai aussi des visages inconnus qui me semblèrent inquiétants au crépuscule. Les préparatifs de la cérémonie avaient pris beaucoup de retard, les gens s'impatientaient… Enfin, sous une clameur de soulagement et quelques applaudissements, trois hommes habillés de noir apparurent en portant des flambeaux.

Leurs visages étaient recouverts de masques peints de couleurs vives : le premier masque était souriant, le deuxième grimaçant, et sur le troisième étaient dessinées des larmes rouge sang. Le silence s'installa dans l'assistance, chacun retint son souffle devant ces étranges créatures. L'une après l'autre, elles allumèrent le bûcher en une dizaine de points. Les flammes se mirent à crépiter, puis se propagèrent, et de leur rougeoiement s'éleva une fumée grisâtre. Cette tradition prenait sa source dans un lointain passé où la fête du solstice d'été participait du culte du soleil, aussi avait-on le sentiment qu'elle manifestait encore comme un désir païen de se consumer à ces flammes. Une grande ronde se forma autour du brasier : les gens dansèrent sur des airs anciens, accompagnés de flûtes et de tambourins. Le feu dansait lui aussi avec une ivresse qui se communiquait à l'assemblée, comme si ce moment d'incandescence emplissait les êtres de vie. À côté de la ronde, certains s'amusaient à brandir des torches ou à les lancer vers le ciel, projetant une pluie d'étincelles, tandis que les plus téméraires sautaient par-dessus les flammes basses en criant… Après ces jeux et ces danses, la foule se déplaça vers un autre endroit du parc où la soirée se poursuivit sur une piste de bal décorée de rubans et de lampions.

Le calme revint autour du bûcher. Les étoiles scintillaient dans le ciel noir. Le vent se levait et soufflait dans les feuillages des arbres alentour. Je me tenais seul sans penser à rien – j'avais oublié ce que j'étais venu chercher ce soir-là lorsque je perçus une présence de l'autre côté des braises qui rougeoyaient toujours : une silhouette se détacha dans l'obscurité. Elle était éclairée par les flammèches au sol qui peignaient sur son visage des teintes fauves et lunaires. Elle ressemblait à un portrait de Modigliani – une femme pâle aux traits imprécis et à peine humains – dont le regard me transperça le cœur, tant il révélait un mélange de grâce et de tristesse… Annabel s'approchait pour se réchauffer et m'apparut avec la même incroyable beauté qui m'avait frappé à l'église. Son expression était grave, et son corps me sembla d'une délicatesse presque surnaturelle.

Une bretelle de sa robe légère lui tombait sur l'épaule, dévoilant une peau ambrée où se reflétait la clarté du feu. Je crus la voir frissonner – ou cette impression venait-elle de ce que je tremblais moi-même ? Spontanément, je m'avançai vers elle. Je voulais lui parler, la toucher comme je l'aurais fait avec une poupée pour me prouver qu'elle était bien réelle, mais je m'arrêtai à quelques pas. Je croyais avoir les mots pour l'aborder, or ils m'avaient échappé, et soudain je ne sus plus que faire ni que dire… Était-ce la peur, la timidité ? Ou voulais-je continuer à m'imaginer sa voix et retarder le moment de découvrir la douceur de ses mains et de ses cheveux ?… Je me contentai de la contempler dans la foule, parmi les rires et les conversations. Elle demeura devant le bûcher, fascinée par le vacillement des dernières flammes ; puis, peu après que onze heures eurent sonné au clocher de l'église, elle s'éloigna et disparut dans la nuit.

Dans la nuit claire,

entre les branches folles

Sous la lune orangée

Le chèvrefeuille, les tilleuls verts,

– et leurs parfums d'ambre et de sang

brillaient dans les airs

III

Je passai les jours suivants à sillonner les alentours de la maison d'Annabel. Depuis que je l'avais laissée s'échapper le soir de la fête de la Saint-Jean, j'étais tenaillé par le désir de la revoir et de la connaître. L'occasion que j'attendais ne tarda pas à se présenter : elle me fut fournie par l'arrivée du deuxième camion de déménagement dont il avait été question sur le parvis de l'église. Le chauffeur roulait au pas, et s'arrêta au milieu de la rue pour consulter une feuille où se trouvaient sans doute des indications sur sa destination. J'en profitai pour aller à sa rencontre et lui demander ce qu'il cherchait. On peut deviner le plaisir que j'eus à le guider jusqu'à la bonne adresse. Arrivé devant le portail, je vis qu'il n'était pas fermé à clé… Je soulevai fébrilement le loquet, et entrai le cœur battant ; c'était la première fois que je faisais ce geste – plus tard, je devais me souvenir avec déchirement de l'ivresse que je ressentis à cette seconde. De l'autre côté de la rangée de thuyas, un vieux pin semblait garder le passage : il me considéra du haut de ses branches grêles, comme pour s'assurer que je ne représentais nul danger, avant de me laisser continuer.

Sur la pelouse, je trouvai Annabel en train de jardiner. Elle portait une chemise à carreaux, des gants en cuir et des bottes en caoutchouc, son pantalon retroussé jusqu'aux genoux ; par terre, il y avait une bêche, un arrosoir et des plants de rosiers. Je me présentai et lui expliquai la raison de ma venue. Mon piano ! s'exclama-t-elle. Elle ôta ses gants et frotta la terre sur ses vêtements pour accueillir les déménageurs. Le camion s'engagea dans l'allée et fit une marche arrière jusqu'à la maison. Trois hommes en descendirent et, en s'aidant de lanières calées sur leurs épaules, déchargèrent l'instrument recouvert d'une toile épaisse. Ils le placèrent sur un plateau à larges roues pour le pousser jusqu'à la porte dont les deux battants étaient ouverts, et demandèrent à Annabel où elle souhaitait le voir installé. Ils le déposèrent près de l'une des grandes fenêtres du salon, et reprirent leur souffle. Puis ils portèrent des caisses, des meubles et des lampes qu'ils laissèrent dans un coin de la pièce. Ils firent signer à leur cliente les certificats de livraison et prirent congé sans s'attarder, car ils avaient de la route à faire. Nous entendîmes les portes du camion claquer, le moteur démarrer et s'éloigner. Dans la maison redevenue silencieuse, les traits d'Annabel rayonnaient de joie ; je l'aidai à retirer la toile de protection, et découvris un piano à queue d'un noir éclatant.

Elle ouvrit le couvercle, s'assit sur une banquette devant le clavier et essaya quelques gammes pour vérifier si l'instrument n'avait pas été trop désaccordé par le voyage. En partie rassurée, elle dit que ce n'était pas un désastre et qu'elle avait assez de notions d'accordage pour lui redonner sa justesse. Elle commença à jouer une mélodie qui s'éleva comme une caresse. Si je n'avais déjà été amoureux d'Annabel, je le serais devenu à l'instant. J'observai ses doigts agiles, son visage concentré, les courbes déliées de son corps qui respirait au rythme d'un chant limpide. Les notes semblaient provenir de la nature même et s'emplir de la fraîcheur du jardin, du vent entre les feuilles, du murmure de la mer au pied de la falaise… Si la beauté existait quelque part, si la vie fleurissait en ce jour, cette musique en était la voix. J'étais subjugué par Annabel qui poursuivit le morceau jusqu'aux derniers silences suspendus ; puis, comme si ma présence lui était soudain revenue à l'esprit, elle se tourna vers moi, un léger sourire aux lèvres.

Avec une délicatesse qui me devint par la suite familière, Annabel me retint pour le thé ; pendant qu'elle le préparait, je restai seul, assis sur un canapé de cuir brun. Je fus frappé par la décoration hétéroclite du salon où se trouvait un incroyable mélange de styles anglais et oriental, où les meubles victoriens côtoyaient des vases en porcelaine de Chine. Près du piano, il y avait un bureau en acajou sur lequel étaient posés un gramophone à pavillon argenté, un empilement de disques, des enveloppes, du papier à lettres et des crayons en désordre. Sur le rebord de la cheminée, une poupée en robe de marquise avoisinait une déesse apsara, près d'un dragon de jade et d'un sabre japonais. Le sol était recouvert d'un tapis en velours d'Inde aux motifs bleu et or sur lequel reposait une table en ébène à pattes de lion. Il se dégageait de cet intérieur un mélange de réalité et de magie, comme si j'avais été transporté dans la maison d'une sœur Brontë revenue d'un voyage avec Marco Polo au pays de Kubla Khan. Annabel réapparut bientôt, portant dans les mains un plateau d'où s'élevait une agréable odeur de jasmin et d'orange.

Le souvenir de cette première rencontre garde pour moi le parfum frais et l'âpre saveur de ce thé. En observant Annabel, je remarquai que sa physionomie avait reçu plus de l'Asie que de l'Occident. Sous son front couvert de mèches noires, elle avait les yeux en amande, des sourcils peu fournis, des pommettes rondes et un menton étroit. Cependant sa peau était claire et son profil dessiné à l'européenne : elle avait le nez droit, des lèvres fines et un port de tête gracieux comme sur un camée. Elle reflétait un mystère familier, à la manière d'une fée des rizières qui aurait été cousine d'un sorcier de Cornouailles dans quelque conte fabuleux. Elle était dotée d'un naturel chaleureux, mais on devinait chez elle un caractère secret. Elle s'exprimait en bon français avec un léger accent et, au cours de la conversation, utilisait parfois des mots en anglais. Ce jour-là, elle était plus encline à m'écouter qu'à parler. J'étais venu dans le but de découvrir qui elle était, et voilà que je me retrouvais à faire la conversation.

Je ne savais par où commencer, tant ma vie me semblait plate et inintéressante… D'une façon un peu décousue, avec la maladresse qui accompagnait mon trouble, je lui parlai de Blancheville, de ma famille, de mes goûts et de mes projets encore flous. J'avais le sentiment confus de ne pas vouloir devenir adulte. Comme je lisais beaucoup, on m'avait conseillé de m'inscrire en lettres à la Sorbonne – ce que j'allais faire à l'automne, car je n'avais pas eu de meilleure idée, aussi mon avenir était-il une plaine d'incertitude. Cette expression la fit sourire : je suis comme vous, me dit-elle, et dans mon cas, pianiste, ce n'est pas un vrai travail… Je saisis alors l'occasion d'en savoir plus, et lui demandai comment elle était venue à la musique. Après une hésitation, Annabel me répondit qu'elle avait commencé le piano toute petite. Au début, l'apprentissage fut difficile, c'était plus par obligation qu'autre chose – elle avait d'ailleurs traversé bien des moments de désespoir devant son clavier. Par la suite, elle s'était laissé séduire par cet instrument qui était à la fois sa croix et son paradis. Elle éprouvait un plaisir toujours neuf à répéter sans fin les mêmes exercices, les mêmes morceaux, jusqu'à en avoir mal aux mains, aux bras et aux épaules. Elle trouvait dans ces souffrances une joie paradoxale car elles lui permettaient à présent de jouer Mozart, Chopin, Debussy… Avec un regard détaché comme pour s'excuser, elle ajouta que, grâce à sa famille, elle n'avait pas besoin de gagner sa vie – aussi avait-elle décidé de devenir pianiste sans emploi. Avant de s'installer en France, elle participait à des œuvres de charité et enseignait la musique à des enfants pauvres. Elle avait aussi donné quelques concerts à Brighton, à Hove et dans d'autres villes du Sussex.

Je lui dis que j'étais d'un piètre niveau au piano malgré les leçons subies depuis le collège, mais que je jouais parfois de l'orgue à l'église pour accompagner la messe. Elle me répondit en souriant qu'elle ne craignait pas les mauvais élèves, et me proposa d'essayer ensemble un morceau à quatre mains. Je refusai d'abord : il me fallait du temps pour déchiffrer correctement quoi que ce fût… Elle me rassura ; il y avait des pièces dont le début ne posait aucune difficulté, j'aurais le temps d'y revenir par la suite si cela me plaisait. Elle alla chercher dans sa bibliothèque un volume aux pages jaunies, *Ma mère l'Oye* de Maurice Ravel, et l'ouvrit aux *Entretiens de la Belle et de la Bête* où étaient notés en exergue quelques passages du conte. En parcourant des yeux la partition, je constatai qu'elle était abordable. Je m'assis donc au clavier et Annabel prit place près de moi. Elle me fit entendre le mouvement de valse très modéré du morceau qui me donna envie de me lancer. Je jouais la première voix, celle de la Belle, et Annabel la seconde, celle de la Bête. Ma partie commençait par une mélodie simple à la main droite : un air gracieux qui se déployait dans l'aigu, tandis que la partie d'Annabel était plus grave et inquiétante. Les deux thèmes s'entremêlaient dans un dialogue troublant qui évoquait la romance entre le monstre et la jeune fille. La partition glissait de la douceur vers la discordance, et si le début ne m'avait pas causé de peine je ne parvins plus à suivre le rythme lorsque des altérations s'ajoutèrent à l'armure, m'obligeant à m'arrêter.

C'est peu de dire que ce début m'avait enthousiasmé. Nous convînmes que je travaillerais le morceau chez moi et que je reviendrais le jouer avec elle la semaine suivante. Entre-temps, ma mère et son mari devaient partir en Touraine. Pierre y avait récemment perdu un oncle sans enfants qui laissait près de Chinon une ferme et des vignes dont il fallait s'occuper ; et la succession à partager entre plusieurs neveux et nièces allait s'ouvrir. Mon beau-père était allé le plus loin dans les études, aussi avait-il été désigné pour s'en charger. Ma mère et lui devaient y passer deux mois environ, le temps de procéder à la vente des biens et de régler toutes les affaires. Ils m'avaient proposé de les accompagner, mais je n'en avais eu aucune envie. En restant à Blancheville, je serais libre… Cet été me parut d'autant plus excitant que j'avais désormais la certitude de revoir Annabel. Elle me raccompagna et referma le portail à clé après m'avoir dit au revoir. Je rentrai chez moi, le cœur ravi. Achille ou Hector en leur gloire n'eussent pas été plus fiers que moi ce jour-là sur le chemin du bourg, tenant à la main la partition qu'elle m'avait prêtée.

IV

Ce fut le début d'une période exaltante dont le souvenir s'accordait avec le vent d'orage qui souffla le jour du départ de ma mère et de mon beau-père. C'était la première fois que je restais seul à Blancheville. Ils m'avaient laissé le nécessaire pour mes dépenses et me firent toutes les recommandations d'usage. La Touraine n'était pas si éloignée : en quelques heures, ils pourraient être de retour à la maison. En cas de besoin, je devais aller trouver des voisins ou des amis de la famille, en particulier Catherine ou Sybille, d'anciennes camarades d'école de ma mère. Notre médecin, le docteur Aubert, leur avait dit que je pouvais sonner chez lui à toute heure si j'étais malade ; quant à la pharmacie, elle resterait ouverte tout l'été. Avec cet air froid qui lui était habituel, mon beau-père déclara que je devais bien me conduire, car je serais bientôt un homme… Je me rappelais combien ces mots avaient résonné étrangement à mes oreilles. Puis, après les derniers au revoir, leur voiture finit par s'éloigner ; malgré la distance qui nous séparait depuis longtemps, ma mère m'avait serré un bref instant dans ses bras avant de partir, geste qu'elle n'avait pas fait depuis des années. Son regard bleu pâle derrière la vitre de la portière me fit un pincement au cœur qui fut vite chassé par un sentiment grisant de liberté.

J'empruntai des livres d'anglais à la bibliothèque, et chaque jour je passais des heures à approfondir l'étude de cette langue commencée au collège. Assez vite, ce travail me permit d'acquérir du vocabulaire, de lire correctement et de comprendre Annabel sans difficulté. Je passai aussi le temps qui me séparait du prochain rendez-vous à déchiffrer fiévreusement la partition de Ravel. L'œuvre se composait d'une suite de morceaux qui venaient aisément sous les doigts. Leur écriture limpide donnait une incroyable existence musicale à des contes tels que *La Belle au bois dormant* et *Le Petit Poucet*, et créait l'atmosphère de pagodes ou de jardins féeriques. Leur magie rejaillissait sur Annabel qui m'habitait comme une obsession. Sa voix, son visage, sa silhouette s'associaient à d'obscures impressions ressurgissant de l'enfance ou d'un rêve ancien qui hantait les limbes de mon cerveau. Parfois, je me figurais sa présence invisible près de moi, et je croyais l'entendre marcher à mes côtés. Il m'arrivait alors de risquer un geste de la main pour voir si je sentirais sa peau. Une nuit, elle m'apparut sous la forme d'un oiseau mystérieux dont les ailes me couvrirent de leur ombre – mes bras essayèrent de la saisir, mais ils ne rencontrèrent que le vide.

Au jour fixé, je me présentai chez elle le cœur plein d'espoirs confus. Elle avait ouvert son portail avant mon arrivée, de sorte que je n'eus qu'à soulever le loquet pour entrer dans le jardin. En suivant l'allée qui menait vers la maison, il me vint à l'esprit que je n'avais pas encore pris le temps de l'observer. Sa façade était blanche, recouverte de lierre et de fleurs grimpantes ; les poutrelles du colombage étaient en bois brut et reposaient sur un muret en pierre. Au rez-de-chaussée et à l'étage, il y avait de grandes fenêtres agrémentées de volets rouges arrêtés par des têtes de bergères qui me considéraient de leur regard de sphinx. La haie de buis qui entourait la bâtisse avait été fraîchement taillée, de sorte qu'il en émanait une odeur de sève. Près de l'entrée, on avait planté un buisson de chèvrefeuille qui devait m'accueillir à chacune de mes visites, tandis que l'éclat de ses pétales jaunes et roses glissait vers la flétrissure.

Je frappai au heurtoir de la porte qui ne tarda pas à s'ouvrir. En ôtant ma veste dans le vestibule, je dis à Annabel que j'avais travaillé tous les morceaux de *Ma mère l'Oye*, choisissant chaque fois la voix la moins difficile. Pour l'ouverture, la *Pavane de la Belle au bois dormant*, j'avais ainsi opté pour la première. Elle me répondit en souriant que j'avais bien fait… Je la suivis dans le salon, elle m'invita à m'installer au piano, s'assit à ma gauche sur la banquette et posa ses doigts sur le clavier. Dès les premiers instants, la musique de Ravel s'éleva comme un sortilège. Son charme était insaisissable, à la fois immatériel et charnel, animé d'un mouvement qui épousait les battements de mon cœur. Le morceau commençait *piano* ; il augmentait ou diminuait en intensité au fil des nuances, et se suspendait dans les silences avant de reprendre… Les notes ouvraient à une rêverie où se déployait un paysage fait de vives sensations : un vent frais, la douceur bleutée d'une rivière et, tout autour de nous, la clarté d'un printemps semé de liserons des champs. Mon esprit se projetait sur des chemins imaginaires dont je perçus la matérialité sous mes pas…

Nous les parcourûmes, Annabel et moi, le long des touches noires et blanches qui frappaient les cordes dont la vibration se communiquait à tout notre corps. Cette *Pavane* faisait ressurgir les images du conte de Perrault : un vieux château de pierre, le sort jeté par une fée jalouse, un sommeil de cent ans, une princesse endormie et la forêt qui attend son éveil mystérieux… Elle nous invitait dans une scène qui se façonnait sous l'effet de notre imagination. Nous marchions sur un étroit sentier sous le regard menaçant de hautes tours, nous écorchions aux ronces et aux épines qui avaient envahi ce lieu enchanté, parvenions dans la cour du roi et pénétrions dans les pensées des personnages. Nous ressentîmes la surprise du prince quand il traversa les sinistres allées du château, son effroi devant les hommes qui gisaient sur le sol, son tremblement en découvrant la Belle, et l'émotion de la jeune fille qui ouvrit les yeux sur son lit en broderies. Comme le font les histoires enfantines, ce morceau exprimait avec une feinte innocence les obscurs secrets du cœur qui ouvrent à de brûlantes passions.

Mes doigts se rapprochaient de ceux d'Annabel jusqu'à les effleurer vers le milieu du clavier. Cette musique me communiquait une joie amoureuse indicible. Elle la ressentit peut-être aussi, car je crus percevoir à son toucher le frisson qui la parcourut. Je ne saurais dire ce qui se passa en cet instant : fut-elle comme moi traversée d'un élan irrésistible ? Il passait dans mon sang comme un désir infini – et sans doute était-il devenu impossible pour Annabel de rester assise auprès de ce désir sans qu'il la gagnât aussi… Elle finit par se lever, détourna de moi son regard et dit qu'elle allait nous préparer du thé. Je n'eus que le temps de la voir disparaître dans la pièce voisine. Quand j'y repense, il me semble que si nous avions continué à jouer, tout aurait pu être différent – qui sait ce qui aurait pu arriver ? –, mais à quoi bon raviver les blessures anciennes ?

Annabel réapparut bientôt et m'invita à la rejoindre sur la terrasse orientée vers la mer. Elle était aménagée sur un parterre en gravier, bordé d'une pelouse qui descendait en pente douce jusqu'au bord de la falaise. En contrebas, les flots battaient des rochers blancs aux aspérités grisâtres et, au loin, le soleil se reflétait sur les vagues. Annabel me fit signe de m'installer à une table autour de laquelle se trouvaient trois fauteuils en bambou abrités sous une tonnelle de vigne vierge. Je la revois encore dans le parfum de verveine qui s'élevait de la théière. En nous servant, elle me raconta qu'elle avait déménagé sur un coup de tête, par besoin de changement. Elle avait choisi la France parce qu'elle en connaissait la langue et que ce n'était pas loin de l'Angleterre… Elle s'était adressée à une agence qui lui avait trouvé une maison en location à Blancheville et s'était occupée de tout. Le voyage s'était organisé rapidement. En arrivant, elle avait signé un bail d'un an renouvelable, et se trouvait là sans autre dessein que de lire et de travailler son piano.

Elle prenait plaisir à parler français, sa conversation était empreinte de spontanéité et d'un humour singulier. Je remarquai au pied d'un arbre un meuble en bois laqué où trônait un bouddha rieur au ventre proéminent sur lequel tombaient les lobes de ses oreilles. Devant lui, il y avait des bâtonnets d'encens, une assiette de fruits et des verres de liqueur. Quand je demandai à Annabel ce que symbolisait la statue et pourquoi elle se trouvait là, elle me répondit : c'est un autel pour honorer les esprits des lieux… Lors de son emménagement, l'employé chargé de lui remettre les clés de la maison lui avait dit qu'elle était hantée. Avec une franchise qui confinait à la perversité, il s'était plu à lui conter l'affreuse histoire des lieux, allant jusqu'à lui montrer l'endroit où le corps de l'avocat avait été retrouvé pendu. Il avait ajouté qu'il était persuadé que ce devait être à cette même place qu'il y avait eu autrefois des sacrifices humains. Annabel ne s'était pas laissé effrayer, non parce qu'elle ne croyait pas aux fantômes, mais justement parce qu'elle était convaincue de leur existence. Aussi, plutôt que de les ignorer, avait-elle eu l'idée d'apprivoiser les esprits, comme on le fait en Asie. Elle leur avait ainsi consacré des offrandes, en prenant soin de les changer chaque jour – demain, dit-elle, j'inviterai le peuple des airs à humer de l'alcool de riz, de la brioche et des cerises… et elle avait terminé sa phrase dans un éclat de rire, consciente de son incongruité.

Elle était curieuse de la vie à Blancheville et des coutumes locales : les feux de la Saint-Jean, les masques, les flambeaux, la ronde, le brasier ardent ; elle voulait savoir quelles étaient les chansons qu'on avait entendues, elle ne les avait pas bien comprises, et pourquoi les gens avaient sauté par-dessus les flammes… Elle m'interrogea aussi sur l'église, la légende de sainte Lucie qui eut les yeux arrachés, ou encore sur la messe dont certains rites lui étaient inconnus. Puis la conversation roula sur son installation dans cette maison. Entre autres choses, elle me dit que les anciens locataires avaient oublié une caisse d'ouvrages en tout genre : des romans, des traités de philosophie, un psautier, des almanachs, des recueils de recettes... Il y avait aussi des magazines féminins où l'on trouvait des illustrations de mode, des patrons pour vêtements et des articles écrits avec une frivolité réjouissante. Elle y avait découvert une langue française qui la changeait des œuvres étudiées à l'école : des expressions comme *tomber des nues, de l'armoire* ou *dans les pommes* – *avoir le nez au vent* et *la langue bien pendue* – *être soupe au lait* ou *dans la lune* – ou encore *sauter du coq à l'âne* et *bayer aux corneilles*... autant d'images amusantes quand on songeait à leur traduction littérale en anglais. Nous avions terminé le thé sans avoir vu passer l'après-midi. Au moment de nous séparer, elle me dit, comme si les mots lui avaient échappé : je ne sais pourquoi, vous m'inspirez confiance, revenez souvent me rendre visite. Je ne me fis pas répéter l'invitation.

V

J'allai la voir chaque jour. Je me levais avec cette seule idée en tête et, en début d'après-midi, j'enfourchais mon vélo pour prendre le chemin de la falaise où sa maison m'était ouverte. J'avais l'étrange sensation de glisser dans cette histoire comme entre les pages d'un livre. De marcher dans un paysage d'encre et de papier, et de vivre une aventure que j'aurais pu écrire et raconter. J'étais transporté par une joie folle, et je ne savais pas encore que mon amour pour Annabel était le début de mon malheur. La première raison de mes visites avait été la musique, cependant le piano passa vite au second plan, puis fut tout à fait oublié. Ce n'était sans doute pas qu'Annabel n'eût plus envie de jouer *Ma mère l'Oye*, mais je suppose qu'elle craignait qu'une trop grande proximité ne nous liât. Sous le prétexte qu'il faisait trop beau pour rester enfermés, notre étude de Ravel fut reportée à un moment indéfini dont nous savions qu'il ne viendrait sans doute jamais.

Lorsque j'arrivais chez elle, nous nous installions sur la terrasse du jardin autour d'un thé qu'elle servait toujours dans des bols en porcelaine. Elle les collectionnait, et possédait toutes sortes de modèles provenant de Chine, du Vietnam, du Japon ou de Corée. Il y en avait de forme ronde, évasée ou aplatie, peu profonds ou à bords hauts ; certains étaient d'une facture simple, presque grossière, d'autres étaient délicatement vernis et ornés de motifs : sur leur surface polie, une mince ligne d'azur devenait une rivière, un arrondi d'argent un croissant de lune et quelques traits colorés un papillon ou une étoile. Quant au thé, Annabel en était une fervente amatrice : elle le conservait dans des boîtes rondes en bois laqué, entassées en désordre dans une malle qu'elle n'avait pas pris le soin de vider et qui restait ouverte dans la cuisine. Il y en avait des dizaines, contenant des thés verts ou noirs, parfumés de bergamote, de lotus, de citron, de gingembre, de litchi, de fleur de cerisier… Elle se plaisait à penser que ces plantes gardaient quelque chose de la terre où elles s'étaient épanouies, de sorte qu'en trempant les lèvres dans son bol elle goûtait – et moi avec elle – à des paysages verdoyants, noyés d'eau et de brume.

Je m'attachais chaque jour davantage à Annabel. Ce qui m'attirait en elle, sa beauté, son charme, son esprit, tout cela m'apparaissait avec clarté. Je n'ai jamais compris pourquoi elle s'était intéressée au garçon maladroit à peine sorti de l'enfance que j'étais – peut-être était-ce mon innocence qui la touchait ? Peu importait, je ne voulais pas laisser échapper ma chance, malgré le déséquilibre où j'affrontais la courtoise distance qu'elle maintenait entre nous. Il y avait dans son attitude plus qu'une réserve ordinaire ; en la côtoyant, j'avais la curieuse impression qu'elle fuyait le contact physique comme si elle craignait quelqu'un ou quelque chose. Il était inconcevable qu'elle eût peur de moi, aussi me prisje à chercher des raisons à cela : les usages d'une éducation puritaine, un manque de goût pour la sensualité, ou peut-être encore une crainte des hommes inspirée par une expérience ancienne ?

Cette distance était loin de me décourager, elle ne faisait qu'accroître mon désir de me rapprocher d'elle. Je ne saurais l'expliquer, mais j'avais l'intuition qu'un accord secret ou une correspondance des âmes nous reliait. Sans doute avais-je lu trop de poésie romantique, et l'exaltation des *Chimères*, des *Fleurs du mal* et des *Illuminations* m'avait-elle tourné la tête… J'étais persuadé qu'avec moi elle parlait librement, sans souci des convenances – qu'elle s'était attachée à nos conversations et à la douceur de nos après-midi ensemble. Enfin, que dire de ce qui se passait en moi, quand il arrivait que mes doigts touchent inconsciemment les siens autour de la théière ? Je ne saurais trouver les mots.

Elle me parla de son enfance et de sa famille. Son père était un aristocrate anglais passionné par l'Orient dont il avait appris cinq langues : l'hindi, le chinois, le japonais, le laotien et le vietnamien, à force de patience et grâce à de nombreux voyages. Ce fut lors d'un séjour en Indochine qu'il avait rencontré sa mère. Que s'était-il passé entre eux, comment leur liaison avait-elle commencé ? Elle n'en avait rien su… Son père ne lui parlait jamais de cette époque ; il ne lui en restait que des bibelots, des œuvres d'art et un papier jauni qui disait qu'elle était née à Huê de cet Anglais et d'une femme dont le nom était devenu illisible avec le temps. Elle n'avait aucun souvenir de sa mère, morte peu après sa naissance. Petite, elle avait entendu des gens l'évoquer d'une manière si incohérente qu'elle n'avait pu démêler le vrai du faux. Dans leur bouche était revenu plusieurs fois le mot « prostituée », terme qu'elle ne connaissait pas… Ce n'est que plus tard qu'elle avait compris, mais elle n'avait jamais eu ni le courage ni l'envie de demander à son père s'il y avait là un fond de vérité ou s'il s'agissait d'une pure médisance. Ne pas savoir lui était cruel, même si, après tout, cela n'aurait rien changé. Sa mère n'étant plus, son père l'avait ramenée dans le Sussex où il possédait une vaste propriété et des terres. Elle avait ainsi grandi dans un manoir élisabéthain planté au milieu d'un parc, au côté de Henry, son demi-frère de dix ans son aîné.

Henry était né d'une première union de leur père et cette histoire faisait écho à la sienne. Sa mère était indienne et venait d'une modeste famille de Bombay. Elle travaillait comme infirmière dans un dispensaire et on l'avait mariée contre son gré à un homme riche qui avait déjà trois épouses. Elle avait eu deux garçons et vivait isolée avec eux lorsqu'elle avait rencontré le père de Henry. On racontait qu'il l'avait approchée en se déguisant en femme – cela faisait toujours rire Annabel et Henry quand ils y songeaient, car si on connaissait leur père, sa taille et ses traits, on se disait que l'Indienne devait avoir montré tout l'aveuglement de la passion. Quoi qu'il en fût, elle était tombée amoureuse de lui, et son adultère aurait pu lui coûter la vie si son mari l'avait découvert. Elle n'avait réussi à cacher sa grossesse que par miracle, grâce à une sage-femme qui l'avait aidée à accoucher clandestinement. Après la naissance du bébé, son amant avait essayé de la convaincre de s'enfuir avec lui en Angleterre, cependant il n'était pas envisageable d'emmener ses deux plus grands garçons qui étaient légalement sous l'autorité de leur père – elle avait donc refusé. Comme elle ne pouvait garder l'enfant, il le fit passer pour celui d'une secrétaire, ce qui lui permit de l'emmener. Les deux amants se dirent adieu et ne se revirent jamais : la guerre, l'indépendance et les bouleversements qui s'ensuivirent leur avaient fait perdre tout contact… Henry s'était promis d'aller un jour à la recherche de sa mère et de ses frères, mais il ne s'était pas encore résolu à franchir le pas.

Le père d'Annabel et de Henry voulait que ses enfants grandissent dans le Sussex mais il se sentait incapable de s'occuper d'eux. Il les confia à des gouvernantes, puis les inscrivit dans les meilleures écoles pour garder sa liberté, car c'était un homme fantasque habité par le démon des voyages. Toute sa vie s'écoula en errances et pérégrinations, dont il ne revenait que pour repartir au bout de quelques mois. Ses enfants passaient l'année scolaire en pension ; puis ils se retrouvaient aux vacances d'été dans le manoir familial de New Forest. Durant ces périodes, Henry s'occupait de sa petite sœur comme il l'eût fait d'une poupée : il jouait avec elle, l'emmenait se promener, lui faisait la lecture – Annabel et lui s'adoraient. Plus tard, il fit des études de médecine, et avait toujours encouragé sa sœur dans l'apprentissage du piano, en particulier aux moments les plus difficiles du conservatoire. La dernière fois qu'ils avaient vu leur père, c'était pour l'anniversaire de ses soixante ans. Il était revenu séjourner quelques mois à New Forest pour rendre visite à ses enfants et mettre de l'ordre dans ses affaires. Puis il était parti pour le Japon, sur une île de l'archipel d'Izu ; il s'était installé dans un ermitage près d'un temple où il se consacrait à l'étude de textes anciens du bouddhisme. Sept années s'étaient écoulées depuis. Il donnait peu de nouvelles, et semblait heureux, à en croire les rares lettres ou télégrammes qu'il leur envoyait… Il pouvait tout aussi bien reparaître un jour sans prévenir que mourir sans avoir revu l'Angleterre.

Cette enfance avait sans doute contribué au naturel réservé d'Annabel et à son penchant pour la solitude. Toutefois, je remarquai différentes choses qui suscitèrent ma curiosité. Elle écrivait souvent à Henry et attendait les réponses de son frère. Pourtant, elle n'avait pas inscrit son nom sur sa boîte aux lettres, préférant louer un casier numéroté au bureau de poste où elle allait une ou deux fois par semaine relever son courrier. Lorsqu'elle s'y rendait, c'était toujours tôt le matin ou juste avant la fermeture, comme pour éviter d'y croiser du monde. À part moi, elle ne voyait ni ne recevait personne, ce qui ne laissait pas de me surprendre. Un jour, je lui parlai de Paul Lessay, le pianiste et organiste dont le talent était réputé dans la région. Il jouait volontiers avec d'autres musiciens, et présentait chaque été un récital accompagné de violons ou de violoncelles. Je pensais qu'Annabel serait intéressée par l'idée de faire sa connaissance. Elle me répondit d'un ton résolu qu'elle n'en avait aucune envie – elle irait bien sûr écouter le concert avec plaisir, cependant la tranquillité de sa maison, entre ses livres et son piano, lui suffisait amplement. Sa réaction me surprit : je trouvais incompréhensible qu'elle ne saisît pas l'occasion de rencontrer un musicien français… Je n'insistai pas, me disant qu'il devait y avoir là des raisons qui m'échappaient.

Parfois, feignant une curiosité sur l'Angleterre, je l'interrogeais afin de découvrir s'il y avait un homme dans sa vie. Je ne sais si elle perçut mes arrière-pensées, encore que ma maladresse ait dû me trahir… Jamais elle ne fit mention d'aucun ami, encore moins d'un fiancé ou d'une quelconque romance… Le seul homme dont elle possédait un portrait était son frère. Dans le salon, il y avait une photographie en noir et blanc où ils posaient tous les deux assis dans l'herbe devant le manoir familial. Sur l'image, elle avait six ans et portait un costume de fée sur lequel étaient cousues des ailes de papillon. Henry était un adolescent fluet en veste élégante, chemise et cravate comme au lycée. Leurs traits reflétaient la fraîcheur printanière de l'après-midi où la photographie avait été prise : c'était leur père qui tenait l'appareil, de sorte que, même s'il n'était pas assis à leurs côtés, elle témoignait de l'un des rares moments où ils avaient été réunis. Je remarquai que le verre du cadre avait été brisé, et son bois fendu sur toute sa longueur. Quand je demandai à Annabel si c'était au cours du déménagement qu'il avait été abîmé, je fus surpris de sa gêne. Elle me répondit par l'affirmative, mais je devinai que c'était un mensonge. Pourquoi avait-elle détourné le regard ? La suite devait m'instruire ; je n'imaginais pas ce qu'elle avait traversé… J'eus dès lors le pressentiment qu'un danger la menaçait. Je me promis de découvrir ce qu'il y avait derrière ce cadre brisé, ne sachant pourtant pas quelle part je pourrais prendre à cette histoire.

Ce mois de juillet s'écoula paisiblement. Tous les après-midi, autour d'un thé sur la terrasse, ou dans le salon s'il pleuvait, nous passions des heures à discuter de tout et de rien, de sujets sérieux ou frivoles qu'elle rendait passionnants. Par ses récits, j'avais l'impression de découvrir la campagne anglaise, sa brume légère, son humide verdeur et ses vents implacables – ou encore l'hypocrisie de la société bourgeoise où elle avait grandi, qu'elle disait incapable d'accepter ceux qui ne lui ressemblaient pas. Annabel était persuadée que c'était la principale cause qui avait conduit son père à construire sa vie ailleurs. Elle n'évoquait le sujet qu'incidemment, avant de passer à autre chose – il y avait là une douleur qu'elle ne voulait pas réveiller. Elle me parlait surtout de l'Asie où elle n'était encore jamais allée et qui surgissait au détour de nombreuses histoires... Une légende vietnamienne me marqua particulièrement : celle d'une jeune orpheline qui avait épousé un inconnu récemment installé dans son village près de Lang Son, au nord du Vietnam. Ils étaient heureux et venaient d'avoir un enfant quand l'homme décida de partir à la guerre, abandonnant sa famille sans aucune explication. La jeune femme le supplia de rester, pourtant rien ne put le faire changer d'avis... Elle ignorait qu'il avait commis une faute si grave qu'il s'était résolu à mourir pour l'expier. Chaque jour, elle gravissait une colline du haut de laquelle elle guettait le retour de son mari, portant leur fils dans ses bras, et priant le Ciel de le lui ramener sain et sauf… Les dieux finirent par s'émouvoir de son inlassable fidélité et la transformèrent en statue de pierre pour l'accueillir parmi les immortels. Ce prodige donna à ce lieu le nom de *Nui Vong Phu* ou *Montagne de la femme qui attend.* Annabel était fascinée par ce lieu et projetait de le visiter un jour – sans rien dire, j'espérais pouvoir l'y suivre…

Annabel me posa des questions sur ma famille. Pour moi qui enfouissais mes sentiments sous un caractère taciturne, ce fut comme une libération. Je n'avais jamais dit à quiconque combien l'incompréhension née de l'abandon de mon père dans un cimetière de la Meuse avait empoisonné mes relations avec ma mère et mon beau-père. J'y pensais quand j'étais avec eux, lorsque j'entendais parler de la guerre ou que je passais devant un monument aux morts… Cette idée ne cessait de me tourmenter, et me poussait par moments à les haïr. Il y avait à Blancheville un climat de superstition si particulier… Ma mère croyait avoir été punie par le mauvais sort, qui l'avait privée d'autres enfants pour s'être si vite remariée après la guerre. Elle craignait sans doute de voir surgir un jour le fantôme de mon père et de devoir lui rendre des comptes. Tout ce que son mari et elle faisaient pour moi me paraissait entaché de culpabilité. J'étais persuadé de n'être pour eux qu'un vivant reproche et je n'avais jamais connu la tendresse dont la rencontre d'Annabel venait de me faire comprendre combien cela m'avait manqué… Ces confidences me rapprochèrent d'elle encore davantage. Naïvement, je me pris à espérer… J'attendais le moment où se déchirerait le voile invisible qui nous séparait. Dans la présomption de mon âge, je me figurais qu'elle ne pourrait rester insensible à mon amour : ma ferveur la toucherait et ma passion la frapperait avec tant de clarté qu'elle ne pourrait qu'y répondre. Je me demandais simplement comment saisir l'occasion quand elle se présenterait… J'étais bien loin de la réalité.

VI

Un mois environ après notre première rencontre, je trouvai Annabel devant la maison, une bicyclette rouge posée sur la pelouse, à côté d'une caisse d'outils. Elle avait trouvé ce matériel dans la cave. Le vélo n'avait pas servi depuis des années et avait besoin d'une remise en état. Comme elle ne savait par où commencer, je me retroussai les manches, accoutumé que j'étais à ce genre de réparations. Les pneus étaient à plat, il fallait changer les chambres à air ; puis je vérifiai les freins, nettoyai le dérailleur et graissai la chaîne, avant de faire un tour d'essai dans le jardin. Le vélo grinçait un peu, mais il roulait de nouveau. Pendant que je me lavais les mains, Annabel me dit qu'elle n'avait pas encore eu l'occasion de visiter les alentours. Depuis son arrivée à Blancheville, elle sortait peu, seulement pour aller à la poste ou dans les magasins du bourg… Nous décidâmes alors de partir en promenade.

Un clair soleil dominait l'horizon incertain. Notre route traversait une lande pâle et se prolongeait par une pente sinueuse qui descendait vers la mer. Laissant nos vélos rouler sans frein, nous sentions le vent nous mordre la peau avec une fraîcheur si vive qu'elle mettait nos cœurs à nu. Le long des courbes de l'asphalte, les flots surgissaient par instants au gré des vallons ; leur scintillement apparaissait ici et là comme par surprise – quelque part en contrebas ou dans les airs –, dessinant un paysage mobile et changeant. Cette vision radieuse ne cessait de me désorienter : la roche des falaises cédait la place à des arbres verdoyants, à l'ocre de la terre et au bleu limpide de l'eau. La route conduisait à un terrain caillouteux d'où l'on avait accès aux dunes et à la plage. Nous posâmes nos vélos contre une barrière et nous dirigeâmes vers la mer.

Un sentier en raidillon nous menait à travers les dunes couvertes d'oyats dont les feuilles et les épis duveteux ondoyaient sur le sable. De l'autre côté, la plage des Sorcières se déroulait en un large ruban beige jusqu'au pied des falaises. Annabel me demanda pourquoi le lieu portait ce nom… On racontait qu'autrefois des villageois y avaient tué des femmes accusées de sorcellerie. Selon les versions du récit, il s'agissait de deux orphelines ou bien d'une mère et sa fille âgée d'à peine dix ans. Leurs bourreaux les avaient attachées à des poteaux d'amarrage et s'étaient acharnés sur elles pendant toute une journée. Ils avaient ensuite jeté leurs corps aux abords de la plage en disant que les bêtes se chargeraient du reste, et croyaient demeurer impunis. Toutefois, le Ciel n'avait pu voir cette scène sans colère. Peu après, une tempête s'était abattue sur la côte – le vent avait soufflé toute la nuit avec rage, brisant les murs et les toits des maisons, inondant les champs et détruisant les récoltes. Au matin, on compta huit morts, dont des enfants. Les villageois furent pris de terreur, on rechercha les hommes qui avaient participé au crime pour les pendre, et on enterra les deux femmes. Le curé célébra une messe pour leurs âmes, et les villageois se rendirent en procession jusqu'à leurs tombes que l'on avait fleuries de genêts. C'est ainsi que l'espèce avait envahi la côte, parsemant les collines et les prés de taches jaune d'or.

Annabel me demanda si l'endroit était accessible ; je la menai à la lisière de la plage vers un bois où peu de gens s'aventuraient, la superstition demeurant tenace. Les tombes se trouvaient au fond d'une clairière, à l'abri des regards. Il n'en restait plus que deux dalles de pierre fissurées, l'une à côté de l'autre, recouvertes de mousse et de lichen argenté. Tout autour poussaient de hautes herbes et des buissons de fleurs jaunes teintées d'écarlate. À la tête de chacune d'elles, on avait dressé une croix enlacée de lierre grimpant. Annabel s'en approcha pour essayer de lire les inscriptions qui s'y trouvaient gravées, mais elle recula vivement. Elle s'était piquée à des orties cachées parmi les herbes et, en un instant, son bras se couvrit de plaques rougeâtres. Je sortis de mon sac une gourde pour verser de l’eau sur sa peau endolorie. En faisant ce mouvement, je m’approchai si près d’elle que je sentis l’odeur de ses cheveux et son souffle sur ma joue ; mon cœur se mit à battre plus fort… Je ne pus m’empêcher d’effleurer son épaule de mes doigts et, sans y songer, je les laissai glisser le long de son bras jusqu’à sa taille dans une caresse involontaire. Elle se dégagea doucement et me dit : c’est incroyable comme ça brûle, mais ce n’est rien ; et elle me remercia pour l’eau. J’étais confus. Elle n’eut pas l’air de m’en vouloir pour ce geste, et nous reprîmes notre chemin en silence.

La plage à marée basse s’étendait vers l’horizon. Nous ôtâmes nos chaussures pour continuer pieds nus. Le sable était froid et se gorgeait d’humidité à mesure que nous avancions ; sa surface se creusait de fins sillons, semés d’algues et de brisures de coquillages. Une volée de mouettes surgit dans le ciel et décrivit une longue volute qui s’inclina vers la plage. Elles tournoyèrent au-dessus de nos têtes, puis glissèrent sur le sol où elles posèrent leurs pattes grêles. Leur plumage blanc était poivré de pennes grises, et elles formaient un chœur vibrant. C’était une myriade de sons vifs, de criaillements éperdus, de pépiements dissonants qui nous enveloppaient. Les mouettes restèrent un moment devant nous, frémissant en une nuée d’ailes magiques, puis elles s’élevèrent de nouveau dans les airs.

J'eus l'impression qu'elles nous avaient communiqué quelque chose de leur ardeur. Je ne sais si Annabel en ressentit aussi la fièvre, cependant nos épaules se touchèrent alors que nous arrivions à la mer. Là, je relevai mes jambes de pantalon pour marcher dans l'eau… Je ne pensai à rien dans le vide de cet instant, absorbé par le frais clapotement des vagues et leur miroitement opalin. Je ne sais combien de temps nous avons avancé côte à côte. Lorsque je repris mes esprits, je m'aperçus que nous avions traversé toute la plage. Il était encore trop tôt pour rentrer, et nous décidâmes de poursuivre notre promenade sur les falaises qui n'étaient plus très éloignées. Nous remontâmes vers la jetée au bout de laquelle se trouvait un escalier en pente raide. Nous en gravîmes les marches irrégulières, puis il fallut franchir des escarpements rocheux où j'offris ma main à Annabel. Enfin, tout en haut, nous attendait un paysage splendide.

Ces hautes falaises se dessinaient à perte de vue à la manière d'une dentelle blanche tachée de rouille et d'anthracite. Elles étaient couvertes d'une vaste prairie qui touchait le ciel de ses fleurs sauvages, et l'on y était saisi par le vertige quand on plongeait le regard au bas des parois ourlées de vagues. Nous nous trouvions entre le firmament et la terre comme sur un fil de funambule. Le reste du monde semblait avoir disparu. Annabel s'allongea dans l'herbe et je fis de même à ses côtés. Au-dessus de nous se déployait la voûte céleste où glissaient des nuées erratiques. Des papillons voletaient parmi les trèfles et la luzerne marine qui formaient un lit de sensations légères. Dans la brise, on entendait les stridulations des sauterelles sur les marguerites et les centaurées. J'étais pénétré par leur caresse et les délices de l'été : c'était une ivresse d'azur où notre joie rayonnait, aussi vive qu'éphémère. Ma main frôla celle d'Annabel, mon cœur tressaillit, un frisson me parcourut ; je ne sais jusqu'où je serais allé, car dans une lutte amoureuse je n'eusse pas été le moins fort… Or ses doigts se recroquevillèrent, et elle se releva comme si elle s'était brûlée à mon contact.

Elle s'éloigna de moi avec une détermination sans équivoque… À cet instant, pour combler le silence ou par désir de se confier, elle me parla pour la première fois de sa *Ballade de la rivière des Parfums*. Elle ne m'avait pas dit jusqu'alors qu'elle composait de la musique. L'idée lui était venue en contemplant un tableau que son père avait rapporté d'Annam. Aussi passionné par les langues que par la peinture, il avait transformé le manoir familial en véritable galerie d'art. Il lui avait offert une vue de Huê à l'encre sur soie dans un style d'inspirations vietnamienne et occidentale mêlées. Elle l'avait emportée dans son déménagement en France, et la conservait dans sa chambre, à l'étage, de sorte qu'elle me la montrerait à l'occasion. On y voyait la

Citadelle impériale, ses pavillons et ses temples se reflétant dans le fleuve figuré par des tourbillons violets entourés d'étincelles de jade et d'or.

Cette Cité interdite, elle avait l'impression de la connaître : était-ce par un étrange atavisme alors qu'elle croyait n'avoir reçu de sa mère que les yeux bridés et les cheveux noirs ? Ou bien était-ce à force de regarder les tableaux indochinois de son père ? Ou encore par une simple illusion du désir ? Pour transposer ce paysage au piano, elle avait recherché un rythme dansant, des mesures impaires, des harmonies orientales, des arpèges dont la fluidité s'entrecoupait d'accords tempétueux, afin de former l'image d'une eau magique et odorante. Le premier mouvement du morceau était mélancolique, le deuxième joyeux, tout en dièses comme la *Princesse des pagodes* de Ravel, et elle écrivait le troisième, incertaine de ce qu'il deviendrait. Elle m'en chanta le thème dont la douceur se grava dans ma mémoire en motifs indélébiles. Elle promit de me jouer le morceau quand il serait terminé, mais il devait rester inachevé, et sa mélodie errer pour toujours avec les vents de la falaise.

L'après-midi touchait à sa fin, le temps s'était rafraîchi. Des nuages sombres étaient apparus et glissaient insensiblement sur le ciel. Nous redescendîmes vers la plage sans rencontrer quiconque, et remontâmes sur nos vélos. La soirée était paisible, et je pédalais en fixant la route, un goût de sel sur les lèvres, me reprochant confusément d'avoir laissé échapper l'occasion de lui dire que je l'aimais. C'est alors que je crus voir que nous étions suivis par une voiture qui avançait lentement, à plusieurs centaines de mètres derrière nous. Je l'avais déjà aperçue à l'aller – c'était un modèle anglais avec le volant à droite qu'il était rare de voir en France, ce qui rendait d'autant plus intrigant de le croiser deux fois dans une même journée. Comme Annabel roulait devant moi, j'accélérai pour me placer à côté d'elle et lui lançai sur le ton de la boutade : un de vos compatriotes nous chaperonne !

Elle n'entendit peut-être pas toute la phrase, en tout cas elle n'y prit pas garde tout d'abord, accueillant cette réflexion comme un trait d'humour dont elle m'avoua ensuite que le sens lui avait échappé. Nous continuâmes donc à rouler ; cependant, lorsque j'ajoutai que c'était une Bentley noire, ses traits se figèrent. Elle se tourna vers moi, son visage avait subitement pâli. Une raideur de plomb descendit le long de son corps. Elle s'arrêta au bord d'un talus et posa pied à terre. Derrière nous, il n'y avait que la route déserte ; la voiture n'était plus là : peut-être avait-elle tourné quelque part ? Un silence s'ensuivit… Sans un mot, elle réenfourcha son vélo et pédala en direction de sa maison. Ses traits étaient fermés, et elle avait la mâchoire serrée dans une expression soucieuse et agitée. La route me parut interminable. Quand nous fûmes arrivés, elle ouvrit le portail et, la main sur la poignée, d'un air pensif, elle murmura : ce n'est peut-être rien – revenez demain comme d'habitude, nous ferons une nouvelle promenade. Elle referma à clé derrière elle… J'aurais voulu lui demander ce que tout cela signifiait, pourquoi cette voiture lui avait causé une si grande crainte. Elle ne m'en laissa pas le temps, et j'écoutai ses pas s'éloigner sur les graviers.

De sang, l'aube s'est colorée

Errante et égarée

Parmi les ombres, tourbillons

Herbes folles, rayons,

Éclairs d'un soleil cristallin –

Fantômes du matin

VII

Je dormis mal cette nuit-là : je restai dans un demi-sommeil plein d'incertitude, traversé par le sentiment soudain de basculer dans le vide. J'avais l'impression d'être perdu dans les limbes d'un cauchemar. J'étais allongé dans mon lit, mon bureau à ma droite, les fenêtres à gauche, les volets clos, comme à l'accoutumée. Autour de moi, la chambre était plongée dans le noir, cependant je voyais à travers l'obscurité. La pièce se dessinait comme une scène au fusain dont certains traits étaient précis et d'autres flous. Sur le mur était accroché un vieux daguerréotype qui avait appartenu à mon grand-père maternel. On y voyait les bords d'une rivière : au premier plan, il y avait de la végétation, et plus loin une barque amarrée à un ponton. La plaque de cuivre était usée par le temps ; sur sa surface parsemée d'auréoles et de griffures, il était difficile de distinguer les détails de l'image. Mais pour la première fois, alors que je possédais cet objet depuis des années, je remarquai une petite forme blanche : un homme brun assis dans la barque, les cheveux courts et le torse nu, qui toisait l'objectif.

Je vis alors une ombre entrer dans ma chambre, passer à côté de mon bureau où se trouvait un livre qu'elle ouvrit et feuilleta avant de le reposer… Ma raison me disait que ce n'était qu'une illusion. Je dormais seul dans la maison, nul ne pouvait être là, et pourtant… L'ombre était une femme sans visage : elle s'attarda un instant devant mon lit, passa sa main dans mes cheveux, puis elle se dirigea d'un pas léger vers la fenêtre, avant de s'évanouir. Ce n'est qu'après son départ que j'eus le sentiment de revenir à la réalité. J'ouvris les yeux : il n'y avait personne, rien que la pièce vide. Le daguerréotype me revint alors en mémoire, je me levai pour le décrocher de son clou, la plaque était pleine de poussière : sur la barque, il y avait en effet une forme indistincte – peut-être un homme, mais l'image était si abîmée qu'il était impossible d'en être sûr. Je refixai donc le cadre au mur, ne sachant que penser de ce rêve étrange et de l'ombre que j'avais senti passer près de moi – certainement un mauvais tour de mon imagination.

Je descendis dans la cuisine et j'avalai un reste de café noir que je ne pris pas la peine de réchauffer. Je ne cessai de repenser au retour de notre promenade de la veille, à la voiture qui nous avait suivis, à la manière dont les traits d'Annabel s'étaient altérés lorsque je lui avais parlé de la Bentley. L'angoisse qui l'avait traversée m'avait aussi envahi par les liens invisibles qui m'attachaient à elle, et j'attendais avec impatience le moment de la revoir… Tourmenté par une sourde appréhension, j'allai faire quelques pas dehors. La cuisine donnait sur une cour en terre battue qui menait au jardin de notre maison. Il s'y trouvait différents arbres fruitiers et des plantes aromatiques. Je m'assis sous les branches d'un pommier. Au loin, on entendait le murmure de la source qui traversait notre terrain ; je me laissai bercer un instant par sa musique fraîche qui s'écoulait dans une fontaine. Annabel ne quittait pas mon esprit… Je ne tenais pas en place et rentrai regarder l'heure. La pendule du salon faisait osciller son balancier d'argent, ciselé en forme de lyre. Du haut de son mur, elle semblait rire de mon trouble à travers son grincement. J'écoutai quelque temps son tic-tac métallique, avant de ressortir attendre encore. Enfin, cette longue matinée se termina : quand l'aiguille eut marqué treize heures moins le quart, j'estimai impossible de languir davantage, et je résolus d'arriver en avance à notre rendez-vous habituel.

Lorsque je frappai chez Annabel, je la trouvai en train de lire. Son regard était voilé et son visage éteint, malgré le rouge qu'elle s'était mis aux lèvres ; elle avait dû se lever tôt elle aussi, et m'attendait. Elle me dit qu'elle avait hâte de sortir – il faisait un temps splendide. Elle s'efforçait d'être gaie et de faire comme si rien ne s'était passé la veille, mais à certaines inflexions de sa voix on pouvait ressentir son angoisse. Je brûlais de lui demander ce qui l'avait tant alarmée dans cette Bentley noire. Elle devina mes pensées et écarta aussitôt le sujet. Elle m'interrogea sur ce qu'il y aurait d'intéressant à visiter dans les environs. Y ayant réfléchi le matin, je lui répondis qu'à une quinzaine de kilomètres, vers le sud-est de la baie, il y avait le hameau de Cyzé, connu pour sa forêt où se trouvaient de vieux arbres remarquables. L'idée lui plut, aussi nous partîmes sans tarder afin d'avoir le temps de nous y promener.

Le trajet nous menait dans la direction opposée à celle de la veille et traversait le bourg. Dans la grand-rue, nous passâmes devant le Café de la Mairie, dont la terrasse était toujours fréquentée l'été… Parmi les clients, je reconnus la boulangère attablée avec deux ou trois autres femmes en train de discuter avec les serveuses. L'une d'elles m'aperçut et fit signe à ses compagnes d'interrompre leur conversation. Elles nous suivirent des yeux, l'air surpris de me voir en pareille compagnie. La boulangère se leva même pour nous observer plus à son aise… Je songeai que si ma relation avec Annabel avait pu jusque-là passer inaperçue, c'était à présent terminé, et que le bruit que le beau-fils de Pierre Ancelle fréquentait l'étrangère de la maison de la falaise se répandrait bientôt comme une traînée de poudre. Les commérages s'accompagneraient naturellement de sarcasmes, car Annabel était une femme seule. Il s'y ajouterait des insinuations scabreuses et de funestes remarques en raison de l'histoire du lieu. Cela m'importait peu, et je pouvais me contenter d'en rire… J'étais alors inconscient de l'effet à retardement des rumeurs et de la jalousie.

Nos vélos glissaient déjà hors du bourg, et je n'y pensai plus. La route principale nous conduisait à un carrefour où nous prîmes un raccourci à travers un chemin de terre. Il menait à des champs d'orge et d'avoine, avant d'emprunter une voie bitumée vers des parcelles de blé. Ici et là, des coquelicots semaient leurs pétales écarlates entre les pissenlits et les chicorées sauvages ; et, de temps à autre, nous croisions des épouvantails peinant à effrayer les corbeaux qu'on voyait voler au-dessus des épis dorés. Nous posâmes pied à terre pour reprendre notre souffle à l'ombre d'un cyprès et observer le ballet noir de leurs ailes ; puis nous remontâmes sur nos selles, et descendîmes une pente douce le long de cultures de betteraves dont les fanes mordaient le ciel de leurs vagues vert et rose.

Cyzé était en vue : le hameau se formait d'un ensemble de pierres où pointaient quelques toits, des hangars et un corps de ferme. Nous laissâmes les vélos sous un auvent et nous dirigeâmes vers la forêt où j'allais souvent cueillir du muguet ou des champignons quand venait la saison. En y entrant, Annabel me dit qu'elle lui rappelait celle de New Forest par sa fraîcheur humide, la verdeur des arbres, la ramée clairsemée et l'odeur des feuillages. Sur les sentiers où nous marchions, la terre s'attachait à nos semelles et, de temps à autre, nous apercevions un arbre mort rejeté sur le côté et dont les racines découvertes semblaient dessiner des fleurs noires sur les mousses verdâtres. Je la guidai vers une clairière où se dressait l'un des spécimens les plus anciens de la région. Le chêne de Saint-Julien avait été planté six cents ans auparavant, après une apparition du saint qui avait guéri là des lépreux. Des gens venaient encore s'y recueillir, en espérant secrètement voir un prodige. On disait également que des sorcières y avaient célébré leur sabbat, conférant au lieu une aura diabolique.

L'arbre était haut d'une vingtaine de mètres. Sous sa frondaison, la lumière avait une teinte singulière, d'une douceur irisée presque surnaturelle. Un orage lui avait fait perdre ses branches principales, de sorte qu'il ressemblait à un vieil homme décharné à l'équilibre fragile. Nous restâmes un moment à l'observer... Dans la forêt, on n'entendait que le vent et les trilles d'un verdier perché dans les cimes. C'est en écoutant son chant que je sentis s'élever en moi un irrépressible désir de sentir la peau d'Annabel contre la mienne. Elle se tenait à peine à quelques pas, je percevais son souffle près de moi ; je fis un geste vers elle... À cet instant, une idée me traversa l'esprit en un éclair : j'avais beaucoup plus de force qu'une femme de sa taille ; d'un seul mouvement, je pouvais la saisir par le cou, maintenir ses deux mains prisonnières dans l'une des miennes ; il n'y aurait personne pour intervenir dans la profondeur de ces bois… Si je le voulais, rien ne pourrait m'empêcher de lui faire violence.

Une vision effroyable passa alors devant mes yeux : le visage d'Annabel m'apparut, livide ; sur ses traits, on lisait la surprise et la douleur, ses beaux yeux étaient mouillés, ses cheveux en désordre, son corps ployait sous le mien et ses cris déchiraient l'air. Cette image me glaça – elle mettait mon cœur à nu pour y dévoiler des pulsions dont je ne soupçonnais pas la noirceur. Je fus horrifié par mes propres pensées et m'éloignai d'Annabel pour fuir cette tentation folle. Comment cet affreux désir de faire mal m'était-il venu en tête ? Ces idées perverses, ce n'était pas moi… Un frisson me parcourut, ma mâchoire se crispa, mes membres furent pris d'un tremblement imperceptible. Je ne sais dans quelle mesure Annabel remarqua mon trouble. Elle me demanda si tout allait bien… Je répondis du ton le plus assuré possible : parfaitement ; et pour couper court à toute question, je lui dis : reprenons notre promenade, il y a un autre lieu que je voudrais vous montrer.

Je marchai à grandes enjambées devant elle, en m'efforçant d'emprisonner ces pensées au plus profond de moi. Elles finirent peu à peu par disparaître, et je réussis à retrouver mon calme. Le chemin nous conduisait à l'ancienne chapelle de Cyzé, qui se trouvait au bout d'un sentier broussailleux. En arrivant en ce lieu, on était toujours frappé par son atmosphère lugubre : la chapelle avait été incendiée à la Révolution. Son porche et une extrémité de la nef s'étaient effondrés, laissant l'intérieur à ciel ouvert. Les murs et les colonnes étaient envahis de plantes grimpantes ; des mauvaises herbes et des liserons poussaient entre les pierres fissurées. Tout respirait l'abandon ; cependant, par un incroyable miracle, le chœur demeurait intact. Sous la voûte altérée par le temps, les vitraux s'étaient conservés presque tels qu'ils étaient par le passé. Sur l'un d'eux, on reconnaissait un figuier dont les branches bourgeonnantes s'élevaient vers l'azur. De chaque côté se dressaient des lancettes en grisaille médiévale ; elles étaient ornées de triangles et de cercles reliés par des lignes courbes qui irradiaient la lumière. La magie de ces vitraux frappa Annabel : en plongeant le regard dans leurs reflets, on se sentait transporté dans un lointain passé, au milieu d'une cérémonie réunissant des dames en robes moirées et des chevaliers en armes.

Alors qu'elle se trouvait dans le chœur, l'attention d'Annabel fut attirée par quelque chose que je n'avais pas remarqué. Sur un coin de l'autel rongé par l'humidité, une large toile d'araignée s'était formée. Elle était éclairée par un rayon crépusculaire qui pénétrait dans la nef par les trous de la voûte. Ses fils de soie semblaient faits d'une matière céleste – ils étaient tissés en motifs circulaires, et dessinaient une longue spirale qui s'enroulait sur

vu faire et le souvenir de son regard enragé – elle ne l'aurait jamais cru capable de cela –, il fallait admettre sa folie et se rendre à l'évidence : il avait franchi un point de non-retour…

Henry lui disait aussi de ne pas accepter ses fleurs et de lui renvoyer ses lettres – naturellement, sa demande en mariage n'était qu'une mauvaise farce de plus. Elle ne devait pas se laisser attendrir. Annabel avait alors décidé de partir pour la France, projet que Henry avait encouragé en lui promettant de venir lui rendre visite quand son travail le lui permettrait. Je frémis en lisant que, dans l'une de ses dernières lettres, Henry l'avertissait qu'Allan essayait de la retrouver. Il avait envoyé quelqu'un à Londres pour voir si elle séjournait chez son frère… Henry avait remarqué une Bentley noire qui semblait suivre ses déplacements et l'épier ; au bout de quelques jours, intrigué, il était allé frapper à la vitre de la portière pour parler au chauffeur. L'homme était le valet personnel d'Allan : il paraissait embarrassé par le rôle dont il était chargé, mais il était payé pour ça… Si la demoiselle n'était pas là, il n'avait plus qu'à repartir, avait-il soupiré, ajoutant qu'il en avait plus qu'assez…

Je repliai les lettres, les doigts tremblants – mon cœur battait avec fièvre… Je me hâtai de refermer le carnet cartonné, le remis dans le tiroir, et laissai le bureau dans l'état où je l'avais trouvé. Après un dernier regard sur les pièces en désordre, je ressortis par la véranda, traversai le jardin et quittai ces sombres lieux. Sur le chemin, comme j'étais déjà loin de chez Annabel, je laissai échapper un cri de désarroi... Les relations entre Allan et elle s'éclairaient : leur histoire avait commencé d'une manière idyllique et s'était peu à peu dégradée dans l'alcool et les crises de violence – et puis, que s'était-il passé d'autre ? Quels autres incidents Annabel avait-elle voulu cacher à son frère avant qu'il tue la jument ? À force de recherches, le valet d'Allan avait fini par retrouver Annabel à Blancheville. Pourquoi avait-elle accepté de reprendre sa vie avec lui ? Qu'avait-il pu lui dire pour la convaincre ?

Je suppose qu'il lui avait joué la comédie du changement ; et il avait dû réussir grâce à ce charme étrange qui émanait de lui. Je n'en avais que trop vivement ressenti l'effet, la première fois. Ou bien était-ce à cause de la naïveté qu'elle avait de croire que cela pouvait être différent – ou, pire, simplement parce qu'elle l'aimait malgré tout... Cette dernière idée m'était insupportable. Quand j'arrivai dans ma rue, je sentis des gouttelettes sur mes mains. Je levai les yeux : le soleil brillait dans le ciel bleu et pourtant la pluie tombait de nuages lointains... Je ne sais pourquoi, je m'arrêtai devant ma porte et me laissai tremper par l'averse qui tombait de plus en plus dru, et je restai là glacé, tandis que l'eau formait de larges flaques luisant comme des yeux moqueurs et crépitant d'un rire cristallin.

XI

Le lendemain, nous étions samedi, le jour du marché de Blancheville qui réunissait toujours beaucoup de monde sur la grande place. Je décidai d'y aller ; à l'entrée du bourg, je vis le père Laurent qui rendait ses visites à des malades ou à de vieilles personnes. Il connaissait bien ma mère et mon beau-père, et me demanda comment se passait leur séjour en Touraine. Il me revint à l'esprit que, quelques jours auparavant, j'avais reçu d'eux une lettre que je n'avais pas même pris la peine d'ouvrir. Je répondis cependant qu'ils se portaient bien et s'occupaient toujours de la ferme et du vignoble de la famille de Pierre, en attendant que soit réglée la succession. Le père Laurent me pria de les saluer de sa part si je leur écrivais, ce que je lui promis de faire, tout en sachant qu'il n'en serait rien. Peu après, je croisai Catherine, une amie de ma mère, qui voulut savoir à quoi j'occupais mon été. Je lui dis que je travaillais pour préparer ma future rentrée à l'université ; elle sourit d'un air entendu, et me recommanda de ne pas veiller trop tard, car j'avais la mine fatiguée. J'opinai à son conseil et continuai mon chemin. Sur la terrasse du Café de la Mairie, les clients déjeunaient sur des tables recouvertes de nappes à carreaux et abritées sous des parasols ; il s'en s'élevait une bonne odeur de cuisine au vin blanc. J'entrai dans la boulangerie acheter une baguette encore chaude, et je croquai la croûte dorée en allant m'asseoir sur un banc de la place.

L'ambiance du marché était bruyante et animée. Les gens y venaient autant pour leurs courses que pour la promenade. Ils échangeaient avec des amis ou des connaissances afin de se tenir au courant des derniers commérages. On entendait leurs voix et leurs rires entre les étalages. Dans la foule, je distinguai deux silhouettes familières – Allan et Annabel marchaient côte à côte, l'air insouciant. Allan portait une veste en lin, et tenait à la main un panier en osier ; près de lui, Annabel était vêtue d'une robe mauve qui découvrait ses jambes fines. Mon cœur se mit à battre plus fort, et je me levai pour les suivre. Ils marchaient paisiblement entre les allées où l'on trouvait toutes sortes de produits, des légumes, des fruits, des laitages, de la charcuterie, du pain, des pâtisseries, des confitures, ainsi que des vêtements et des accessoires en tout genre. Allan acheta du fromage, des gâteaux et des conserves. À l'étal de la modiste, Annabel essaya des chapeaux, et choisit un canotier cerclé d'un ruban rouge qu'elle décida de porter aussitôt. Plus loin, ils s'attardèrent devant les tables des bouquinistes pour feuilleter quelques ouvrages et discuter avec le libraire. Je ne m'approchai pas, de crainte d'être vu…

Je crus les avoir perdus lorsque j'aperçus de loin le maire de Blancheville. C'était ma chance : M. de Crécy faisait chaque semaine le tour du marché et, selon un rituel immuable, il passait la matinée à bavarder avec ses administrés, prenant des nouvelles de chacun et écoutant les doléances. Cet homme rond et affable appartenait à une famille noble des environs, ruinée par des placements hasardeux. Enfant, il avait fréquenté l'école communale et, ayant joué avec des bambins qui en d'autres temps eussent été ses vassaux, il avait développé un fort sentiment républicain. Quand il s'était présenté aux municipales, ses parents s'en étaient moqués, comme d'une lubie idiote et dégradante. Après son élection, ils avaient fini par s'habituer, et il leur arrivait d'évoquer cette fonction comme un motif de fierté s'ils se trouvaient dans une société où elle était prisée. M. de Crécy n'aimait rien tant que de discourir… Il affichait une excellente humeur dans son costume élégant, sa chemise immaculée, son gilet et sa cravate assortis. Il ne pouvait manquer de tomber sur ce couple d'étrangers, et ne laisserait pas échapper des proies aussi distinguées sans se féliciter de leur présence. Il aborda Allan d'un geste courtois, bien décidé à montrer aux Blanchevilliens sa maîtrise de la langue de Shakespeare, faisant s'arrêter les badauds qui formèrent vite un attroupement. La discussion qui s'ensuivit offrit à Annabel l'occasion de s'éclipser, laissant son amant se débrouiller seul. Elle emprunta une allée latérale entre les étals des fleuristes, et semblait chercher quelque chose.

Je me hâtai de la rejoindre, anxieux à l'idée qu'Allan n'allait pas tarder à la retrouver… Par où commencer après la manière dont nous nous étions quittés et ce que j'avais découvert ?… Je m'apprêtai à parler, mais elle ne m'en laissa pas le temps. N'ayant pas l'air étonnée de me voir, elle tira de sa poche une lettre pliée en deux et me dit d'une voix que je ne lui connaissais pas : envoyez-la pour moi, il m'est impossible de le faire en ce moment ; après une hésitation, elle ajouta : il vaut mieux, je préfère… vous comprenez… Elle s'embrouilla, ne termina pas sa phrase et se contenta de me remercier d'un regard où je lus des émotions confuses. Elle me remit la lettre et, en la recevant, je sentis à sa main une bague sertie de pierres précieuses dont le froid contact me griffa la peau. Sans me laisser le temps de répondre, elle s'éloigna au milieu des passants. Au bout de l'allée, elle se dirigea vers Allan qui avait réussi à s'extraire des bavardages de l'édile. Il lui prit le bras, et ils quittèrent ensemble le marché. Notre entrevue avait été si brève que, sans l'enveloppe qui m'était restée entre les mains, j'aurais presque douté de l'avoir vécue…

Je rentrai chez moi, envahi d'une sensation de vertige. En revoyant Annabel, j'avais été surpris par l'expression de son visage et ses regards fuyants, et plus encore par le timbre inquiétant de sa voix. Il y avait la jalousie douloureuse de la voir avec Allan, mais aussi l'idée insupportable de mon impuissance. Mon attachement pour elle était aussi vif que féroce – et ses tourments étaient devenus les miens. Je posai sur une table la lettre qu'elle m'avait confiée. Sur l'enveloppe se trouvaient inscrits le nom et l'adresse de Henry à Londres. L'écriture était lisse et régulière, à l'encre bleue. Je l'observai, en me demandant pourquoi Annabel ne l'avait pas postée elle-même – ce qu'elle craignait ou préférait éviter... Par quelle faiblesse cachait-elle à son amant quelque chose d'aussi innocent, alors qu'ils vivaient de nouveau ensemble ? J'avais peur de ce que cela pouvait révéler... Je n'hésitai pas davantage : je fis chauffer une casserole d'eau, plaçai l'enveloppe sous le filet de vapeur, et laissai se décoller les bords ; puis, avec une lame de couteau, je soulevai le rabat.

J'ouvris la lettre et la parcourus, stupéfait par le ton en complet décalage avec la réalité. Annabel y parlait de choses insignifiantes : son été paisible, ses promenades dans les environs de Blancheville, les lieux agréables qu'elle avait découverts et le climat français qu'elle s'amusait à opposer à celui de l'Angleterre qui ne lui manquait guère. Elle évoquait ses récentes lectures et ce qu'elle jouait au piano, s'attardant sur la complexité d'une rhapsodie de Liszt qui l'émerveillait autant qu'elle l'épuisait. Elle s'enquérait aussi des consultations de Henry à l'hôpital et de sa santé. Elle lui recommandait de se ménager afin de ne pas laisser son asthme s'aggraver, et elle lui redit son impatience de le voir lorsqu'il viendrait pour les fêtes de Noël... Il ne s'y trouvait aucune allusion à l'arrivée d'Allan ni à ce qui s'était passé depuis... Les questions se pressèrent cruellement dans ma tête : pourquoi n'avait-elle pas osé lui dire que son amant l'avait retrouvée ? Pourquoi lui mentir ? Combien de temps pensait-elle le lui cacher ?

Je reposai la feuille de papier... À cet instant, j'eus envie de la froisser et de la jeter dans un mouvement de colère, tant je me sentais incapable de poster ces mensonges... Pourtant, je n'avais aucun droit sur Annabel : elle était libre de vivre avec Allan et d'accepter cette situation – libre de mentir ou de dire la vérité à son frère ; que pouvais-je y faire ?... Que je me débarrasse ou non de la lettre n'y changerait rien ; en revanche, si elle ne parvenait pas à Henry, et qu'Annabel devinait un jour que je l'avais fait disparaître... Cette crainte finit par me décider, et je me résolus à faire ce qu'elle m'avait demandé quand le papier aurait séché... Pour l'heure, il ne me restait qu'un sentiment de dégoût de moi-même et de mes indiscrétions. J'espionnais Annabel, j'épiais son intimité ; je n'avais pas hésité à m'introduire chez elle et à lire le courrier de son frère ; j'avais trahi sa confiance en ouvrant sa lettre… Je me frappai la tête de mes deux poings jusqu'à m'étourdir. En dépit de tout cela, je savais par avance qu'aucune honte ne m'arrêterait tant j'étais dévoré par la passion.

Je me couchai tenaillé par l'amertume et la jalousie… Je sombrai dans le sommeil sans m'en apercevoir, et un étrange cauchemar commença. J'avais l'impression d'être bercé par des flots noirs – je ne savais plus où j'étais, ni si c'était le jour ou bien la nuit ; cependant, à travers un paisible balancement, toutes mes pensées me ramenaient vers Annabel. J'avais conscience que je dormais et que j'étais dans un songe – comme si, malgré mes paupières fermées, j'avais les yeux ouverts. Je vivais l'un de ces rêves lucides que je faisais parfois et où je pouvais guider le cours de mes visions… Je désirai voir la maison d'Annabel, et elle apparut… Je sentis la fraîcheur du vent et l'odeur des arbres du jardin aussi distinctement que si j'étais éveillé ; l'atmosphère semblait paisible, des oiseaux pépiaient dans les branchages ; j'effleurai du bout des doigts des hibiscus dont les corolles violettes me parurent d'une incroyable douceur ; la lune était rousse et irradiait le ciel de rayons sinistres et ensorcelants.

Je fus envahi par un mauvais pressentiment, et voulus aussitôt m'enfuir… Mais mes gestes ne répondirent alors plus à ma volonté : je perdais le contrôle de mon rêve. La suite se déroula comme un flux contre lequel il m'était impossible de lutter… J'étais entraîné vers la maison et je pénétrai dans le salon où je trouvai les affaires d'Annabel en désordre, son bureau renversé sur le sol, des bouteilles brisées au milieu d'une odeur suffocante d'alcool et de tabac… Je passai près du piano, je frôlai les touches noires et blanches, la partition sur laquelle les doigtés et les nuances étaient griffonnés au crayon. Puis, avant que je comprenne ce qui m'arrivait, je fus emporté vers l'étage où je n'étais encore jamais allé, et projeté au milieu d'un couloir plongé dans la pénombre. Je fus soudain frappé d'une angoisse intense. Sans que j'y puisse rien, j'étais attiré vers la chambre d'Annabel par une force obscure. J'essayai de lui résister, mais son mouvement m'aspirait sans me laisser aucune prise, répondant à mes instincts les plus sombres, écrasant toute pudeur.

Au-delà de la cloison, une scène atroce se déroulait. Annabel était une sirène ; elle gisait par terre, nue, les cheveux épars, du sang coulait de son visage. Son corps délicat était couvert de bleus qui semblaient des pétales de jacinthe sur sa peau ; les meurtrissures s'ouvraient en corolles pourpres veinées de rose ; les écailles de ses jambes luisaient d'une clarté mystérieuse. En dépit de l'horreur de cette vision, je fus saisi par la splendeur de sa chair blessée. Elle était attachée par une main à une cordelette nouée sur un pieu fixé dans le plancher, et était secouée de spasmes. Ses sanglots résonnèrent avec douceur à mon oreille. Devant elle, Allan était aussi meurtri ; il avait les traits du rapace terrifiant que j'avais imaginé. Sur ses jambes puissantes, des filets de sang dessinaient des ruisseaux méandreux, le long de collines rocheuses et de gouffres verdoyants, percés d'écorces et d'épines acérées. Il se dégageait de son corps une férocité infernale. Dans ses yeux transparaissaient une douleur effroyable et un monstrueux plaisir.

Je laissai échapper un cri qui me déchira les tympans et se prolongea en un éclair. À ce moment, les images vacillèrent, le rêve s'évanouit, et je me sentis projeté dans mon lit. Mes draps étaient glacés, j'étais en sueur et hors d'haleine. D'un mouvement brusque, je me redressai, le cœur vibrant d'un battement forcené. Ma tête me cognait à faire mal. Je me levai, fis un pas et me rassis sur le bord de mon lit, étourdi par ce que j'avais cru voir. Ma chambre était silencieuse. À la fenêtre entrouverte, le ciel était d'un bleu tendre parsemé de nuages. Dehors, des mésanges gazouillaient sous les toits, et des corbeaux passèrent devant ma vitre avant de disparaître parmi les arbres. À leur criaillement, j'entendis ma voix répéter comme en écho dans la pièce vide : quelle horrible, quelle troublante vision ! Mais que disait-elle de moi ? J'étais incapable de répondre à cette cruelle question.

XII

Ce matin-là, je descendis dans la cour, puisai de l'eau à la fontaine et remplis le baquet en zinc qui servait à la toilette. Puis je me déshabillai entièrement et me lavai avec un pichet et une éponge. L'eau froide me fit l'effet d'une douce brûlure, en s'écoulant sur mes cheveux et le long de mon dos. Sa fraîcheur me secoua de ma torpeur, et j'eus l'impression que son ruissellement emportait avec lui les images qui m'obscurcissaient la tête : elles se détachaient comme une gangue âcre et terreuse, laissant mon esprit à nu. Devenais-je fou ? Je m'interrompis un instant et me tournai vers le jardin. Sur un buisson de lavande, un papillon butinait parmi les tiges vert et violet, tandis qu'une brise soufflait tout autour une senteur vive et cendreuse.

Un chat sauvage glissa dans l'herbe ; il avait un pelage tigré et miaulait d'une voix grêle, sans doute à la recherche d'un rongeur ou d'un moineau. En plongeant dans l'opale de son regard, je sentis des larmes s'écouler de mes yeux, sans que rien pût les retenir – j'en étais aveuglé, je fus secoué de sanglots et je tombai sur le sol. Ma raison se dérobait : les arbres tournaient autour de moi, j'entendais des murmures, des lueurs traversaient les feuillages et des sifflements ma tête. Les images se succédaient en un tourbillon : tour à tour, je vis mon lycée, ma chambre à l'internat, les rues de Blancheville, l'église Sainte-Lucie, ses voûtes en ogive, l'orgue, la rosace, le chœur illuminé, le Café de la Mairie, le bureau de poste, des maisons en briques rouges, des champs de blé, la roche escarpée des falaises ; puis parut une foule d'éléments insignifiants : un livre oublié sur un banc de gare, le passage tonitruant d'un train, un verre brisé, le tintement aigu d'une sonnette, un canif avec lequel je m'étais un jour blessé à la main…

Étendu sur le côté, je me recroquevillai, saisi de convulsions. C'était une tempête soudaine et irrésistible : mon cœur battait de plus en plus vite, mon corps se déréglait comme une machine folle… J'étais incapable de résister à cette impulsion infernale, je tentai simplement de me calmer en fermant les yeux… La crise s'accéléra en spasmes irréguliers et finit par décroître d'elle-même pour s'apaiser aussi vite qu'elle était venue. Je perdis connaissance… Je ne sais combien de temps je restai évanoui ; lorsque je rouvris les paupières, le soleil était haut dans le ciel. Mes bras et mes jambes étaient endoloris. J'essuyai le sang là où ma peau était écorchée, et me rhabillai, toujours parcouru de frissons ; puis je rentrai dans la maison où ne m'attendait que le tic-tac de l'horloge grinçante.

Ma première pensée fut de retourner chez Annabel. Un élan irrésistible m'attirait vers la suite de cette histoire. Je sortis mon vélo et pris la direction de la falaise. À mi-chemin, alors que je me trouvais au carrefour qui précédait la montée vers sa rue, j'entendis le vrombissement d'un moteur. Je me déportai aussitôt sur le bas-côté et glissai derrière un talus. C'était la Morgan d'Allan : la capote était ouverte, la carrosserie bordeaux et les chromes rutilaient. Il était au volant et portait des lunettes noires ; Annabel était assise à ses côtés, coiffée du canotier qu'elle avait acheté au marché et tenait d'une main pour éviter qu'il s'envolât. Un parasol et des affaires de plage dépassaient de la banquette arrière : ils partaient se baigner. Je laissai l'auto disparaître au bout de la rue, ne sachant d'abord à quoi me résoudre – après un instant d'hésitation, je me décidai à les suivre.

Nous étions dimanche après-midi, il y avait beaucoup de monde, notamment des vacanciers venant des environs. Arrivé en vue de la côte, je posai mon vélo au pied d'un arbre et, contournant le sentier principal, je gravis la pente qui menait en haut des dunes. Je me postai parmi les broussailles à un endroit d'où je pouvais tout observer. Au loin, la mer était d'un bleu limpide ; dans le ciel incertain, un soleil voilé éclairait les vagues ourlées d'écume à l'horizon. Sur la plage, des jeunes gens s'amusaient avec des cerfs-volants et faisaient flotter dans l'air des losanges en papier écarlate, ornés de dessins et de serpentins de couleur. Non loin d'eux, des enfants jouaient à construire des châteaux de sable ou à ramasser des coquillages, pendant que leurs parents se reposaient allongés sur de grandes nattes en paille. Un vendeur de boissons et de journaux passait entre les groupes ; quelques personnes se baignaient dans l'eau qui restait fraîche en cette saison.

Allan et Annabel avaient trouvé un coin isolé où déposer leurs affaires ; ils étendirent leurs serviettes et plantèrent leur parasol. Après être restés debout à discuter en regardant la mer, ils se déshabillèrent. Je sentis mon cœur battre plus fort, tandis que me revenaient à l'esprit l'atroce métamorphose de mon cauchemar et leur chair sanglante et meurtrie dans la nuit. Je retins mon souffle à mesure qu'ils ôtaient leurs vêtements et que leur peau se découvrait : elle était intacte et d'un blanc de lait… Je fus bouleversé d'avoir fantasmé toute cette folie – quel idiot avais-je été ! Comment avais-je pu me fourrer dans le crâne ces abominables chimères et cette perversité ? Ils avaient fini de se dévêtir : Annabel portait un maillot de bain une pièce à fleurs roses qui laissait voir ses jambes de nacre ; Allan était d'une stature à la fois fine et puissante. Si le peintre de Dorian Gray devait concevoir un second tableau maléfique, il aurait trouvé là des modèles d'une étourdissante beauté.

Annabel prit la main d'Allan d'un geste tendre, et ils entrèrent dans l'eau. Aucun d'eux n'était dépaysé par la fraîcheur des vagues ; ils nagèrent l'un près de l'autre. Annabel fut la première à revenir vers le sable ; elle se sécha avec une serviette, enfila une chemise d'homme et s'allongea avec un livre à l'ombre du parasol. Allan continua seul : je le suivis des yeux, impressionné par l'énergie qu'il déployait. Il nagea au loin, accomplit une grande boucle, puis s'en revint à son tour. Il avait l'air content de sa baignade, posa un baiser sur les cheveux d'Annabel, s'allongea à côté d'elle et parut s'endormir. Peu après, le vent fraîchit, le ciel se chargea de sombres nuages, et le tonnerre se mit à gronder. Les gens qui se baignaient sortirent de l'eau. Les premières gouttes de pluie commencèrent à tomber. Sur la plage, chacun se dépêcha de rassembler ses affaires, à commencer par les familles avec des enfants, et tous s'en allèrent sans tarder.

Annabel avait hâtivement remis ses vêtements. Elle replia les serviettes et le parasol. Allan n'avait pas bougé d'un cil, soit qu'il fût plongé dans un profond sommeil, soit qu'il eût décidé de ne pas se laisser perturber par le changement de temps. Annabel le secoua légèrement par l'épaule pour le réveiller. Il ouvrit les yeux, s'étira et se leva avec indolence.

Il n'y avait plus personne sur la plage. L'averse tombait toujours plus forte, et le ciel fut zébré d'éclairs dorés. Cependant, Allan restait debout, les yeux fixés sur les vagues, impassible, comme absent, et ne faisait pas le moindre mouvement pour se rhabiller. Annabel s'impatientait, elle était mouillée et paraissait frigorifiée ; elle le pressait de rentrer. Plutôt que de lui obéir, il persistait à rester immobile, en la considérant d'un air indifférent. Annabel s'emporta, furieuse ; Allan lui répliqua sur le même ton. Une violente dispute éclata – je devinais les cris et les insultes qu'ils pouvaient se jeter à la figure sous la pluie battante, alors que le tonnerre continuait de gronder.

À bout de patience, Annabel tourna les talons. Allan lui emboîta le pas, et lui saisit un poignet. Alors qu'elle se débattait, il la frappa au visage et l'attrapa par les cheveux. Comme elle ne se laissait pas faire, il la traîna vers le bord de l'eau où la marée remontait en tumulte ; il la poussa dans les vagues où il lui maintint la tête, la soulevant puis la replongeant plusieurs fois avec fureur dans l'écume. Elle devait crier mais le bruit des flots couvrit sa voix. J'étais tétanisé : je n'aurais pas été plus horrifié par cette scène que s'ils s'étaient transformés en bêtes monstrueuses, car la brutalité d'Allan y apparaissait toute nue et d'autant plus terrible. J'allais me lever pour courir jusqu'à eux lorsqu'il lui plongea une dernière fois la tête dans l'eau, avant de la soulever et de s'arrêter. Il eut alors l'air de découvrir avec effroi ce qu'il avait fait… Il la prit dans ses bras et la couvrit de baisers, puis la porta à demi inconsciente sur le sable où elle reprit ses esprits.

La pluie s'était peu à peu apaisée. Allan aida Annabel à se relever et la serra contre sa poitrine. Il était en pleurs : lui demandait-il pardon ? Lui promettait-il que c'était la dernière fois, que jamais il ne recommencerait ? Je ne sais ce qu'il lui dit à cet instant, mais j'en eus le souffle coupé. Elle lui répondit par une caresse, et serra sa main dans la sienne… Je laissai échapper un cri d'incompréhension et de colère. Je ne savais si je lui en voulais plus à lui ou à elle pour cette indulgence honteuse, et cependant je dus reconnaître qu'il se dégageait d'eux quelque chose qui ressemblait à une folle tendresse. Du haut de la dune, je les vis repartir vers la voiture. Allan avait couvert les épaules d'Annabel d'une veste, et l'installa sur la banquette, côté passager. Puis, il referma la capote du cabriolet et retourna chercher les affaires restées sur la plage ; enfin, l'auto démarra et disparut au détour de la route.

XIII

J'étais profondément troublé par ce que j'avais vu en cet après-midi d'orage : la soudaineté avec laquelle la dispute avait éclaté, cette tendre violence qui les liait, cette douceur incandescente qui passait par les coups puis les baisers. Et une évidence me torturait : elle l'aimait. Malgré la fureur, les crises, ces deux-là s'aimaient avec une passion incompréhensible. J'étais partagé entre la colère et la douleur née de mon impuissance – pourquoi ne l'avait-elle pas repoussé ? Que pouvais-je faire ? Les désirs sont impénétrables, et c'est parfois vers l'obscurité qu'ils vous portent.

Je rentrai chez moi trempé et transi de froid. Mes mains restaient glacées sans que rien ne pût les réchauffer. Je gardais dans la bouche un goût de sable et de sel, comme si ma tête avait elle aussi été empoignée par Allan et plongée dans les vagues. Je ne parvenais plus à réfléchir. Dans mon imprudence, j'avais finalement posté la lettre au frère d'Annabel sans penser à noter son adresse. Je m'en voulais terriblement : j'aurais pu le prévenir, car je ne pouvais intervenir moi-même… J'étais pris au piège de cette observation honteuse qui me causait un tourment indicible.

Je passai les jours suivants seul et prostré. Il fallut que vînt le soir du concert pour me faire ressortir. Comme tous les ans, au mois d'août, la mairie de Blancheville proposait une soirée musicale qui faisait événement dans la région, et l'on venait de loin : d'Abbeville, d'Amiens, parfois de Paris même, pour y assister. Depuis plusieurs éditions, son organisation avait été confiée à Paul Lessay, qui présentait cet été-là un récital avec une violoniste et une violoncelliste. Si la qualité musicale avait d'abord fait la renommée de l'événement, c'était tout autant son atmosphère champêtre qui attirait le public. La soirée se déroulait sur la place du marché où l'on installait une estrade sous les arbres, au milieu de grandes rangées de bancs éclairés par des lampions de couleur. Toute la ville prenait alors des airs de fête : la grand-rue était ornée de fanions et de guirlandes chamarrées ; les commerçants garnissaient leurs devantures de bougies, de rubans et de fleurs.

Les visiteurs affluaient dès le début de l'après-midi pour flâner dans les rues et les boutiques. Certains allaient visiter l'église Sainte-Lucie, l'ancien couvent et la tour médiévale qui ouvraient leurs portes pour l'occasion. Il était de coutume de prendre un verre ou de dîner sur de longues tablées installées autour de la place. Toutes sortes de gens s'y retrouvaient, du paysan au député, trinquant autour d'un pichet de cidre ou de vin rosé. Leurs conversations produisaient un vacarme incroyable, mais dès que retentissait la cloche du marché, chacun se levait dans le calme pour aller au concert. J'espérais qu'Annabel viendrait l'écouter, comme elle me l'avait assuré lorsque je lui en avais parlé pour la première fois, et je comptais sur le fait qu'Allan ne l'aurait pas fait changer d'avis.

J'arrivai sur la place à l'heure où le soleil couchant se teinte de rayons écarlates. Plutôt que de m'asseoir, je restai près de l'estrade afin de voir les gens passer. J'avais emporté un livre pour me donner une contenance et faisais les cent pas sous les tilleuls et les glycines, en tenant l'ouvrage entre mes doigts, et le feuilletant de temps à autre, l'air faussement occupé. Sur la scène se trouvait un piano à queue de couleur ivoire. Paul Lessay était au clavier et portait un frac dont le tissu noir faisait ressortir ses cheveux blancs. Cet homme corpulent avait été blessé pendant la guerre, et marchait depuis avec une canne dotée d'un pommeau doré et à laquelle il s'était plu à donner le nom d'Hécate, déesse de la lune. Ainsi, les soirs où l'ivresse le faisait tituber, il disait malignement qu'il n'avait rien à craindre puisque cette fidèle amie le ramènerait toujours à bon port. À ses côtés, il y avait deux dames aux cheveux gris. Elles étaient vêtues de robes en velours cramoisi, portaient une fleur en dentelle désuète au corsage, et leurs visages étaient creusés de rides. Elles attendaient le début du concert, l'une debout avec son violon, l'autre assise, son violoncelle calé entre les genoux, chacune devant son pupitre.

De là où je me tenais, je pouvais voir les spectateurs présenter leurs billets aux ouvreuses avant d'aller s'asseoir ; la plupart étaient déjà installés, et Annabel n'était pas là… La soirée commença comme toujours par un discours du maire. M. de Crécy monta sur scène sous les applaudissements, prenant sa part du succès de l'événement. Il remercia les autorités présentes, le sous-préfet, les maires et autres élus des communes voisines, se félicita de la fidélité des Blanchevilliens à ce concert, des visiteurs qui venaient de loin, de la clémence du temps, sans oublier les dieux de la musique et des anecdotes que certains entendaient pour la dixième fois… Lorsqu'il eut terminé, il laissa place aux artistes sous les ovations qui saluèrent autant le discours que sa fin. Le désarroi montait en moi, tandis que le silence se faisait dans l'assistance et que les musiciens s'accordaient… Je pensai qu'Annabel ne viendrait plus, j'hésitais entre rester et rentrer, quand Allan et elle apparurent sur la place : Annabel marchait devant, visiblement contrariée de leur retard, et Allan quelques pas derrière elle.

Elle portait un chapeau rond surmonté d'une voilette. Ma première pensée fut qu'elle cachait son visage : elle devait avoir gardé les traces des coups de la plage, ou peut-être Allan avait-il recommencé derrière leur porte fermée ? Je sentis quelque chose se tordre en mon cœur... Ils présentèrent leurs billets à une ouvreuse et, d'un pas rapide, se dirigèrent vers les bancs. Devant la scène, il n'y avait plus de place assise. Ils étaient sur le point de rebrousser chemin lorsqu'un jeune homme vit Annabel et se leva pour lui céder la sienne. Il avait une allure élégante de Parisien, les cheveux blonds, une fine moustache, plutôt beau garçon, des lunettes rondes et l'air d'un étudiant en vacances. Dans son élan, il s'approcha et passa la main derrière sa taille pour l'aider à s'asseoir. Le geste était galant et dénué d'arrière-pensée. Elle lui sourit et allait le remercier lorsque Allan le repoussa brusquement d'un coup sec sur l'épaule.

Stupéfait, l'autre se tourna vers Allan pour lui demander ce qui lui valait cela – le ton monta vite. Des gens leur dirent d'arrêter la dispute – de se taire – de s'en aller. Ces protestations ne les empêchèrent pas de continuer ; les insultes fusèrent de part et d'autre. Tout à coup, Allan donna une violente claque sur la joue de l'étudiant. Sous l'effet de la surprise, ce dernier bascula au sol, sa tête heurta un banc, ses lunettes volèrent et du sang jaillit de son nez. Il se releva et s'apprêtait à répondre, mais des amis le retinrent pendant qu'Annabel entraînait

Allan le plus loin possible. La scène avait été d'une grossièreté ridicule, cependant je ne vis nulle gêne dans le regard d'Allan, simplement un air de défi amusé, tandis qu'Annabel et lui s'asseyaient au dernier rang… Je me rendis alors compte que si elle m'avait renvoyé sèchement le jour de son arrivée, si elle avait agi comme si notre relation ne comptait plus en rien, si elle n'avait pas posté elle-même la lettre pour son frère, si elle m'avait menti sur le cadre brisé, ce devait être par peur de cette jalousie maladive et de ces accès de colère incontrôlés – et que si elle n'avait pas écrit à Henry qu'Allan l'avait retrouvée à Blancheville, c'était sans doute parce qu'elle ne savait comment lui dire la honte d'être retombée entre ses mains.

Les concertistes jouaient le premier morceau. Le programme se composait d'études et de nocturnes de Chopin dans lesquels le violon ou le violoncelle interprétaient le chant, accompagnés par la voix profonde du piano. Je m'étais installé à mon tour pour écouter : la musique recélait un charme si fort que, sans m'en rendre compte, j'oubliai Annabel. À mesure que la mélodie s'élevait, on était emporté vers d'autres temps : les musiciens y retrouvaient leur verdeur et, par l'effet d'une étrange sorcellerie, je crus que Paul Lessay était redevenu un jeune pianiste d'avant la guerre, entouré de deux demoiselles dont les cheveux blonds tombaient sur leur col en dentelle à la mode romantique. Sous leurs doigts déliés et leurs archets, les notes se mêlaient au vent qui soufflait sur la place, à la fraîcheur des tilleuls et au parfum qui descendait des glycines. Là où les mots défaillaient, la musique brillait d'une limpide beauté, disant l'éphémère incandescence de la vie. À cet instant, je ressentis le mouvement tragique de cette histoire – et sa fin m'apparut dans un éclat aveuglant. Entre Allan et Annabel, il y avait une passion qui les mènerait à leur perte, ne souffrant ni apaisement ni pardon. Cet attachement, fallait-il l'appeler de l'amour ou de la haine ? Il en avait les deux visages et la commune fureur : ils n'allaient pas l'un sans l'autre, et ne trouveraient leur épanouissement que dans le sang.

Je frissonnai alors que le récital s'achevait et que les applaudissements frénétiques me tiraient de ma rêverie. Les deux amants se levèrent avant la fin des saluts. Je leur laissai un peu d'avance, et les suivis, perdu parmi la foule. De loin, je les voyais marcher en se tenant par la main dans le flux des spectateurs ; ils semblaient avoir oublié l'algarade du début de la soirée et échangeaient sans doute leurs impressions sur le concert et l'interprétation des morceaux. Dans la grand-rue, attirés par les effluves de caramel, ils s'arrêtèrent devant le Café de la Mairie pour acheter des crêpes qu'ils mangèrent en flânant devant les boutiques. Les gens discutaient dans une joyeuse atmosphère ; certains tenaient à la main une chope de bière, d'autres un verre de vin ; des gourmands partageaient des beignets ou des chouquettes. Des musiciens de rue jouaient des chansons populaires, accompagnés de guitares et de tambourins, formant des attroupements. Insensibles à cette agitation, Allan et Annabel sortirent du bourg pour reprendre le chemin de la falaise, et leurs silhouettes s'évanouirent comme des ombres sous les astres qui se couvraient d'un voile de brume.

XIV

Je n'avais d'autre désir que de retourner vers mon calvaire. La jalousie qu'Allan avait manifestée au concert, sa violence insondable, et malgré cela la tendresse qui semblait subsister entre lui et Annabel, tout cela formait une énigme qui me torturait... Je ne me berçais plus d'illusions sur le fait de pouvoir la protéger, tant j'avais éprouvé mon impuissance sur la plage. Depuis son arrivée à Blancheville, tout s'était enchaîné si vite... J'espérais encore qu'un jour ma présence pourrait faire la différence, mais comment savoir ce qui arriverait ? Je sortis au début de l'après-midi à l'heure où j'allais rendre visite à Annabel au début de l'été, ce qui me parut d'une cruelle ironie... En arrivant devant le portail, je constatai que le jardin était silencieux. Sans hésiter, j'introduisis la clé dans la serrure et entrai sans bruit, en refermant derrière moi. D'un pas rapide, j'avançai jusqu'à la haie de buis qui me fournissait mon habituel abri devant leurs fenêtres ouvertes. Annabel et Allan se trouvaient dans la salle à manger : ils avaient dormi tard et finissaient de prendre leur petit déjeuner. Sur la table, il y avait du thé, du pain, du fromage, des confitures et une corbeille de fruits. Ils semblaient discuter avec entrain en mangeant. Je vis que le visage d'Annabel ne portait plus de traces de l'épisode de la plage, comme si elles avaient eu le temps de disparaître ou que les coups n'avaient pas été aussi forts que je l'avais pensé… Lorsqu'ils eurent terminé, Allan alluma une cigarette et ouvrit un journal pendant qu'Annabel se levait pour débarrasser. Elle monta à sa chambre, fit sa toilette et redescendit habillée d'une robe d'été.

Elle s'installa au piano et commença par des gammes, de brèves études dont la mécanique s'égrena dans le silence. Puis elle ouvrit un volume de Chopin que le récital de la veille lui avait sans doute donné envie de réentendre. Elle le feuilleta, posa la partition sur le pupitre et joua un air gracieux en mode mineur, oscillant entre la mélancolie et la pure joie. Le morceau reposait sur une expression lente, puis progressait vers un rythme vif, pareil à une tempête traversée d'éclairs, avant de revenir vers plus de dépouillement. Sa mélodie était dotée d'un charme puissant et ténébreux, et me liait à Annabel avec autant de force que si nous avions été attachés tous les deux sur une même croix. Je sentais l'effet de ses sortilèges – et l'idée me traversa qu'au Moyen Âge on aurait brûlé une femme comme elle, car sa séduction était si grande qu'on n'aurait pu l'attribuer qu'au diable.

Dans la salle à manger, Allan ne paraissait pas écouter et encore moins goûter le charme de la musique. Peu après qu'Annabel se fut mise à jouer, il avait refermé son journal et était sorti fumer, comme si le piano le dérangeait. Je remarquai qu'il portait sa chemise de la veille, froissée, ce qui lui donnait un air négligé que je ne lui avais pas vu jusqu'alors. Il fit quelques pas dans le jardin, s'ennuyant visiblement, et enchaîna plusieurs cigarettes, utilisant la braise de celle qui se finissait pour allumer la suivante, avant d'écraser les mégots dans l'herbe du bout de sa chaussure. Au bout d'un moment, il se lassa de fumer et rentra dans la maison pour reparaître peu après avec plusieurs bouteilles de vin, certaines vides et d'autres pleines. Il déplaça la table de jardin d'une vingtaine de mètres et y disposa les bouteille l'une à côté de l'autre en formant un triangle. Puis il retourna chercher quelque chose à l'intérieur ; lorsqu'il revint, mon cœur tressaillit : c'était un pistolet. L'arme était flambant neuve, avec une crosse noire et un long canon argenté qui luisait entre ses mains. Il y avait dans le regard d'Allan un air détaché et une flamme impénétrable qui me glaça. Il se plaça à distance de la table, étendit le bras, s'immobilisa pour viser et appuya sur la détente. La détonation et le verre brisé résonnèrent avec fracas. Le piano s'interrompit aussitôt. Dans le silence, il tira cinq autres coups qui déchirèrent l'espace tandis que ses traits s'éclairaient d'un sourire.

Annabel se précipita dans le jardin. Son visage était blême, ses yeux exprimaient la stupeur et l'incompréhension. Il se tourna vers elle et fit semblant de la viser à son tour, avant de baisser son arme et d'éclater de rire. Il lui dit qu'il s'était depuis peu découvert une passion pour le tir – cela lui était venu comme ça, un jour qu'il était seul à Eastbourne et ne savait pas à quoi s'occuper. Il avait roulé jusqu'à Londres pour s'offrir ce nouveau jouet et l'avait choisi presque au hasard. Il n'était pas déçu de cette tocade – il s'entraînait à tirer – il ne fallait pas avoir peur. Désormais, il ne se déplaçait plus sans deux ou trois pistolets, qui étaient de vraies œuvres d'art – car tuer, c'est un travail d'artiste, n'est-ce pas ? Il reposa l'arme sur la table et enjoignit à Annabel de venir voir les cibles pulvérisées. Incrédule, le regard dans le vague, elle s'avança sans dire un mot : le verre formait sur l'herbe un cercle de tessons tranchants dont les pointes luisaient au soleil. Leurs éclats verts trempés de vin semblaient baigner un champ de bataille ruisselant de sang. Son odeur sure et enivrante monta à la tête d'Allan : il s'approcha d'Annabel et la prit par la taille.

Il déposa des baisers dans le creux de son cou et sur ses cheveux, et glissa les mains sur sa poitrine. Elle resta d'abord impassible, puis se dégagea et le repoussa d'un geste brusque. Il ne la laissa pas se libérer de son étreinte et l'attira de nouveau contre lui. Leur corps-à-corps silencieux ressemblait à un combat ; je ne sais si c'était un jeu amoureux ou si elle n'avait pas envie de lui. Elle le repoussa plus rudement, et il lui jeta d'un air de défi – vas-y, c'est bien, frappe-moi, mais fais-le comme il faut. Comme elle s'y refusait, il lui saisit les poignets. Elle serra les poings, et il s'en servit pour se frapper lui-même – je t'aide car je sais comme c'est bon. La scène se passa si vite que je n'avais pas vu s'il avait poursuivi son geste ou si, bouleversée, excédée, elle s'était décidée à donner elle-même les coups. Leurs claquements secs et douloureux furent suivis d'un long silence. Elle s'était interrompue et murmura : arrête, c'est fini, j'en ai assez, tu es malade. Il lui répondit : épouse-moi – je ne te le redemanderai pas une autre fois, sinon nous savons tous deux comment cela finira.

Il l'embrassa et, dans un geste dont je n'aurais pu dire s'il était tendre ou violent, la poussa dans l'herbe. Il enleva d'abord sa chemise, puis il lui ôta sa robe en la déchirant, et la jeta sur le côté... Derrière le buis, je me recroquevillai et me détournai pour ne pas voir la scène – était-ce par pudeur ou sous l'effet d'une nouvelle lâcheté ? Je n'étais pas censé être là, me répétais-je, le souffle coupé – tu n'es pas un voyeur, pas un voyeur, pas un pervers... En cet instant, j'eus la sensation de me détacher de moi-même, d'avoir quitté mon corps et d'errer quelque part sans plus aucun poids. Je fermai les yeux, j'entendis des cris, des paroles étouffées, des mots d'amour brûlants, des sanglots, des serments qu'il l'aimerait toujours, mais qu'il la tuerait si elle ne se laissait pas faire, des gémissements qui exprimaient la douleur et le plaisir du combat. Sa victoire fut rapide et implacable et, après un dernier cri plus dur, le silence revint.

Annabel se releva tremblante. Elle était nue, sa peau avait une blancheur de neige, et son visage était d'une pâleur indicible, comme si le sang s'en était retiré ; sans jeter un regard sur Allan et sans dire un mot, elle ramassa ses vêtements et rentra dans la maison. Le jardin avait retrouvé son calme. Il était parcouru par une brise océane qui s'élevait entre les arbres avec un parfum vert et printanier. En haut des branches, une pie poussa un jacassement sinistre avant de s'envoler au loin. Allan était resté allongé dans l'herbe ; il posa sa tête sur son pantalon replié en guise de coussin, alluma une cigarette et recracha la fumée en volutes blanchâtres. Au-dessus de lui, le ciel était d'un bleu intense parsemé de nuages : il déployait un vaste miroir où se reflétait la légèreté de nos vies, simples feuilles sous le vent. Mon esprit se perdait dans l'immensité, aspiré par ses profondeurs, et glissait peu à peu dans cet abîme. Je me levai alors et, aussi discret que lors de mon arrivée, je quittai le jardin, défait et le cœur brisé. La mécanique infernale qui les entraînait m'emportait avec eux.

XV

De retour chez moi, je ressentis à quel point j'étais perdu loin d'Annabel. J'étais dévasté par ce qui s'était passé dans le jardin, et les paroles d'Allan ne cessaient de résonner à mon oreille, m'envahissant d'un noir pressentiment… Le soir venu, je ne pus me coucher. La pleine lune dominait le ciel tourmenté. Sa clarté agissait comme un aiguillon et le vent soufflait de sinistres rafales dans les arbres. La honte de ma lâcheté avait fait naître en moi une ferme résolution : je devais tenter quelque chose. Je pris un crayon et griffonnai à la hâte : « Annabel, je sais ce qui se passe entre vous et l'homme avec lequel vous vivez. J'habite le hameau des Grès, la maison aux volets rouge brique, chemin de l'Épine. Venez dès que vous trouverez ce mot et restez aussi longtemps que vous voudrez, le temps qu'il s'en aille. Soyez assurée de… », ne sachant comment terminer, j'ajoutai « mon amitié ». Je jetai un coup d'œil à l'horloge : il était une heure du matin… La nuit me permettrait de m'introduire chez Annabel et de poser ce billet sur le piano où elle le verrait sans qu'Allan s'en aperçoive…

Je ne saurais expliquer pourquoi, j'avais le sentiment de faire un grand saut dans le vide, espérant qu'un ange me rattraperait pour me reposer indemne sur le sol. Dehors, il faisait froid ; un manteau de nuages masquait les étoiles. Je pliai le feuillet où était écrit mon message et pris une lampe torche. J'enfourchai mon vélo et pédalai le plus vite que je pus à travers les rues solitaires en direction de la falaise… Lorsque j'arrivai devant le portail, j'eus peine à le reconnaître tant l'obscurité lui donnait l'aspect d'un porche étrange. Je posai mon vélo, et sortis ma lampe. Je m'en servis pour éclairer la serrure qui résistait. Je dus m'y prendre à plusieurs fois avant de réussir à ouvrir, puis j'éteignis ma lampe afin de me fondre dans les ténèbres. J'avançais dans un épais silence, et j'entendis mon cœur battre si fort qu'il me semblait que ce bruit ne manquerait pas de me trahir, comme dans la nouvelle d'Edgar Poe.

On entendait un disque de jazz aux sonorités graves et entraînantes – peut-être était-ce aussi ce morceau qui passait le premier soir, quand j'étais venu rapporter le livre d'Emily Dickinson et que la curiosité m'avait poussé vers cette maudite maison ? Une vibrante mélodie à la clarinette me faisait revivre la même soirée qu'alors, empreinte néanmoins d'une tonalité plus cruelle et languissante.

L'atmosphère amoureuse que j'avais cru trouver avait disparu : des éclats de voix recouvraient la musique – je ne pus d'abord distinguer si c'étaient des rires, des injures ou des menaces… Cette fois, je ne restai pas derrière la haie de buis, je m'approchai des fenêtres ouvertes du salon : Allan était debout au milieu de la pièce et parlait tout seul, en lançant des jurons ; sur la table, il y avait du vin, une bouteille de whisky vide et une autre largement entamée qui montraient qu'il avait déjà trop bu. Il jouait aux fléchettes ; sans se contenter de tirer sur la cible accrochée à la cheminée, il s'amusait à viser la marquise de porcelaine, l'apsara ou le bouddha en bronze qu'il avait posés sur le couvercle fermé du piano. Quand il les atteignait, cela le mettait dans un état d'excitation folle, et il se resservait un verre. Après avoir jeté une dizaine de fois ses fléchettes, il finit par s'écrouler sur la banquette du canapé. Je crus qu'il allait s'assoupir sous l'effet de l'alcool, mais il lui en fallait plus. Son regard restait vif : il semblait méditer quelque chose, et tenait son whisky d'une main ferme.

Il se dirigea vers le bas de l'escalier où il cria à Annabel de le rejoindre pour boire un verre. Les fenêtres de l'étage étaient éteintes, elle devait être couchée depuis longtemps. Comme elle ne répondait pas, il monta les marches pour aller la chercher et, peu après, il la ramena, à moitié par force, à moitié par jeu, en la portant dans ses bras. Annabel était engourdie. Elle avait une chemise de nuit qui lui découvrait les bras et les jambes ; ses cheveux lui tombaient sur le visage. Allan la jeta sans ménagement sur le canapé et l'assit d'un geste brusque comme une poupée, puis il la secoua par les épaules et lui donna de petites tapes pour la réveiller. S'étant assuré qu'elle avait les yeux ouverts, il lui demanda si elle voulait jouer, et lui mit dans les mains des fléchettes, qu'elle repoussa. Ne parvenant pas à la contraindre, il finit par renoncer et les jeta avec impatience à l'autre bout de la pièce. Alors l'idée du whisky lui revint : il alla chercher un verre pour lui en servir. Dans l'intervalle, Annabel avait repris ses esprits. Elle n'avait pas dit un mot et avait dégagé les cheveux de son visage – elle était calme, le regard clair. À ma grande surprise, elle accepta le verre qu'Allan lui tendit, et trinqua avec lui, sans boire toutefois, se contentant de le fixer. Il reprit une gorgée du breuvage, le reposa sur la table et s'assit dans un fauteuil pour lui demander d'un ton ironique si quelque chose n'allait pas.

D'un air décidé, Annabel lui répondit qu'elle y pensait depuis longtemps déjà, mais qu'elle n'avait pas encore eu le courage de le lui dire, qu'à présent, quelque chose de plus fort que sa lâcheté la poussait à parler – le trop-plein ou la nausée de lui peut-être – quelque chose comme une haine secrète qui avait grandi peu à peu et éclatait maintenant – qu'elle n'avait plus peur – qu'elle n'en pouvait plus de lui, de cette situation malsaine et insupportable –

qu'il lui était devenu impossible de continuer ainsi, de se trouver dans la même pièce et de respirer le même air que lui. Lorsqu'il était venu à Blancheville, elle espérait encore que quelque chose changerait. Elle avait été naïve et aveugle – ou tout simplement stupide – ça devenait pire qu'avant – ses humeurs, ses colères et tout le reste – elle n'avait plus envie de – elle s'interrompit… Elle l'avait aimé, mais tout était fini – elle le détestait maintenant plus qu'elle ne pouvait le dire, il la dégoûtait, elle n'avait pas d'autre mot – elle ne reviendrait plus en arrière – elle avait prévu de lui parler le lendemain au réveil. Alors voilà, tout ce qu'elle voulait, c'était qu'il s'en aille et retourne en Angleterre – une femme ou même plusieurs devaient l'attendre quelque part – pour elle, en tout cas, c'était terminé – ç'avait été trop de… – elle laissa sa phrase en suspens, et semblait à bout de souffle… Elle allait reprendre quand Allan la coupa d'un mot sec, en éructant une insulte.

Il se leva et enchaîna d'un ton acerbe – il ne demandait pas mieux que de partir de cet endroit – tout ici était déprimant au possible, laid, sale et méprisable – mais il ne rentrerait pas à Eastbourne sans elle – elle viendrait avec lui et l'épouserait – qu'elle le veuille ou non – il s'en moquait… Elle savait qu'il ne craignait rien et l'emmènerait avec plaisir en enfer avec lui, s'il le fallait – il laissa échapper un éclat de rire furieux – c'était peut-être ce qu'elle voulait ? Un curieux silence s'ensuivit… Dehors, le vent se levait et murmurait d'une voix sifflante entre les arbres ; le voile de nuages qui recouvrait le ciel se déchira doucement, laissant apparaître de pâles étoiles. Annabel fit un mouvement pour se détourner, dans un de ces accès d'inconscience qui poussent les désespérés vers leur fin. Je l'entendis répondre d'une voix blanche qu'il pouvait continuer à la menacer, elle ne changerait plus d'avis – plutôt… Je n'entendis pas la fin de sa phrase… Alors je vis Allan se diriger lentement vers la cheminée où était posé son pistolet. Comment sait-on que le monde vacille et que sa vie bascule ? Dans la seconde qui suivit, je me précipitai vers la maison pour escalader le rebord de la fenêtre ; j'y grimpai en un éclair, et retombai maladroitement de l'autre côté.

Je criai de toutes mes forces : Annabel se tourna vers moi, et je lus sur son visage de la surprise et de l'effroi. Allan me considéra d'un air sardonique, avec la même flamme impénétrable que celle qui avait brillé dans ses yeux quand il avait tiré sur les bouteilles cet après-midi-là. Je ne saurais dire s'il m'avait reconnu, car il ne m'avait vu qu'une fois, le jour de son arrivée. Il me regarda droit dans les yeux ; à cet instant, je crus qu'il allait braquer son arme sur moi, mais je devais être trop insignifiant pour retenir son attention – ou alors, dans un accès de perversité, voulait-il un témoin de ce qu'il allait faire ? Il se tourna vers Annabel. Dans le regard qu'il posa sur elle, il n'y avait ni colère ni haine, encore moins de l'amour, juste un vide immense et l'étincelle de la folie. Il tira deux coups en direction de sa poitrine – elle tomba en poussant un cri, et se recroquevilla. Puis, d'un geste calme, Allan posa le canon sur sa tempe et me regarda encore : ses yeux s'étaient embués, sa main tremblait, il murmura quelque chose – peut-être une prière à la vue de ce qu'il avait fait, ou était-ce un adieu ? Il ferma les paupières et se tira une balle dans la tête. Son corps s'effondra près de celui d'Annabel, et leur sang se mêla sur le tapis bleu azur, y formant une grande auréole d'un rouge brûlant.

Dans un élan, je pris dans mes bras le corps d'Annabel. Elle ne respirait plus qu'à peine, et je sentis son sang tiède s'écouler sur mes mains… Voir cette fin affreuse et la vie qui s'enfuyait d'elle sans rien pouvoir faire était au-delà de la douleur ou de la peine. Je sentais un gouffre s'ouvrir en moi, une blessure que rien ne pourrait jamais guérir, comme si le sang qui s'écoulait d'elle était le mien et qu'il dût couler toujours. Je crois me rappeler avoir crié, mais je n'en suis plus sûr tant le son me déchira de l'intérieur… Je fus alors saisi d'une impression étrange – vraie ou fausse, qu'importe ? car elle était réelle pour moi. J'ai fermé les yeux et j'ai senti son âme glisser dans mon corps.

C'était la sensation d'une pluie sur ma peau et dans ma chair, l'impression d'un ruisseau qui afflue dans une rivière – d'une manière mystérieuse, c'était comme si son âme s'était déplacée et colorait la mienne d'un rouge plus lumineux et plus vif. Il existe des sentiments inexplicables qui valent que l'on vive et que l'on meure pour eux. Je fus pris d'un sanglot et des larmes s'écoulèrent de mes yeux : elle était morte, pourtant je la gardais en moi dans cette terrible folie et cet implacable désir de ne pas la laisser partir. Cette étreinte dura peu de temps – je crois qu'alors elle s'est échappée, comme si le vent qui soufflait par la fenêtre l'avait emportée. Je m'effondrai à mon tour contre le sol qui se dérobait, face à l'horreur de ce crime et à ma solitude.

Une goutte de sang
dans la rivière,
ses ondes grises
sous la brume glacée
– étoile
au crépuscule
en allée

XVI

La gendarmerie était un bâtiment froid et austère. Elle se trouvait à la sortie de Blancheville, entre des champs de blé et de colza. Ce n'était pas la première fois que je m'y rendais. À douze ans, j'y avais accompagné mon beau-père pour déclarer un incendie qui avait été allumé dans ses granges, réduisant à néant des mois de travail. Je me souvenais de sa colère et de son œil brillant. Un employé renvoyé sèchement s'était vengé en mettant le feu aux récoltes, avant de s'enfuir… Nous y étions allés en pleine nuit, un vent infernal soufflait, et on nous avait offert une tasse de café pour nous faire patienter. Je n'en avais jamais bu auparavant, aussi me souvenais-je encore de son goût râpeux qui était resté des heures dans ma bouche. Cette fois, j'arrivai peu avant le lever du jour, et je trouvai le sous-officier de garde qui somnolait dans son bureau. Lorsqu'il vit l'état dans lequel j'étais, il appela immédiatement son chef, et envoya deux gendarmes à la maison de la falaise afin de constater ce que je lui avais raconté.

On m'installa dans un bureau pour m'interroger. J'étais toujours couvert du sang d'Annabel. Il avait séché, mais mes mains restaient poisseuses et rougeâtres, comme mon visage et mes vêtements qui dégageaient une âcre odeur. Très vite la porte s'ouvrit, le capitaine et un adjudant entrèrent. Le premier était de grande taille et large d'épaules ; il avait les tempes grisonnantes, le visage anguleux, les yeux pénétrants et le front barré de rides. Le second était mince et discret ; il avait les cheveux roux et une peau blanche burinée de taches de rousseur. Ils s'assirent à une table en face de moi. L'adjudant me tendit une serviette mouillée pour que je m'essuie le visage et les mains ; quand je fus plus présentable, son supérieur me demanda de leur dire tout ce que je savais de cette histoire. Je cherchais mes mots, m'embrouillais, revenais en arrière dans un flot de paroles, avant de faire un saut dans le temps, tandis que mon cœur battait sur un rythme désordonné…

Le capitaine me coupa d'un ton incisif et me demanda dans quelles circonstances j'avais rencontré Annabel. Quelles étaient mes relations avec elle, et qu'est-ce qui nous liait ? Je repris depuis le début et commençai par le jour de la livraison du piano : j'avais conduit les déménageurs chez elle – elle m'avait invité à prendre un thé et à revenir jouer un morceau à quatre mains la semaine suivante – après cela, j'étais allé la voir chaque jour – ce n'était que plus tard que nous avions fait des promenades dans les environs – sur la plage des Sorcières et sur les falaises – à travers les champs et dans la forêt de Cyzé – jusqu'au jour où il y avait eu la Bentley noire et où elle m'avait confié la clé du portail – l'apparition d'Allan – ce qui s'était passé par la suite – sur la plage – à la soirée du concert – jusqu'à l'après-midi où il avait tiré sur des bouteilles de vin – ses violences dans ce maudit jardin : le choc m'avait poussé à écrire un mot à Annabel. Je tirai de ma poche le billet froissé que j'espérais lui déposer en secret. Le papier était maculé de taches, l'encre avait coulé, mais on y lisait encore ma vaine tentative de faire quelque chose quand j'étais revenu chez elle cette nuit-là, et que j'avais trouvé Allan en proie à la furie qui l'avait conduit à ce crime horrible.

Les deux hommes écoutèrent ma déposition sans laisser transparaître d'émotion. D'un ton plus posé, le capitaine m'interrogea sur ce que j'avais fait avant le meurtre, enchaînant les questions : quand avais-je rédigé le mot – à quelle heure étais-je ressorti de chez moi – à quoi Allan était-il occupé quand je suis arrivé devant ses fenêtres – combien de verres l'avais-je vu boire – où se trouvait le pistolet – qu'avait-il dit à Annabel pendant leur dispute ? Puis il me demanda pour quelle raison je n'étais pas intervenu plus tôt – ce que j'avais fait une fois dans la maison – et pourquoi j'avais pris le corps ensanglanté d'Annabel dans mes bras… Les images se mélangeaient cruellement dans ma tête. Quand j'eus fini de répondre à ses questions, il me demanda de lui refaire mon récit une deuxième, puis une troisième fois. Les deux premières fois, je réussis à garder mon calme, en tentant d'être précis. À la troisième, un tremblement m'envahit, avec le sentiment de revivre l'épouvante de la nuit, et je ne pus terminer l'histoire : les mots s'étaient figés comme des cailloux pointus dans ma bouche. Il me sembla que la douleur que j'éprouvais alors ne me quitterait plus. Dans le silence qui suivit, le capitaine ne me brusqua pas pour obtenir encore une fois la fin du récit. Il se leva, alluma une cigarette et me laissa reprendre mes esprits ; les deux hommes échangèrent quelques mots et sortirent.

On me fit passer dans une pièce voisine dont les fenêtres donnaient sur les champs. Peu après, l'adjudant vint me dire qu'on avait réussi à joindre ma mère en Touraine : mon beau-père et elle se mettaient immédiatement en route, et seraient de retour à Blancheville avant le soir. Je devais les attendre… Je me souviens que la journée s'écoula dans l'atonie, alors que les coups de feu de la nuit précédente continuaient de résonner en moi, se mêlant aux amers regrets et à la douleur inexprimable de n'avoir rien fait avant et d'être arrivé trop tard… Je restai sans parler à quiconque, avec l'impression d'être suspendu dans le vide, à regarder les champs dénudés par la moisson, où les oiseaux venaient picorer des grains dans les chaumes. Ils arrivèrent en fin d'après-midi. Ma mère entra la première, les traits tirés, le teint pâle, suivie par mon beau-père qui ne se départait jamais de sa froideur. Elle se dirigea vers moi, me prit la main, la serra et me dit quelque chose que je ne pus comprendre, comme si ses paroles se perdaient dans le vague. Puis mon beau-père et elle parlèrent au capitaine ; ils restèrent longtemps dans son bureau. Enfin, à l'heure où la nuit tombait, ils ressortirent et on nous laissa rentrer chez nous.

Je sus plus tard que les gendarmes n'avaient pas mis en doute mon histoire. À Blancheville, où tout le monde se connaissait, je faisais partie de ces gamins que tous avaient vu grandir et qui ressemblaient à ce qu'ils avaient été eux-mêmes. Ils me savaient certainement capable de choses graves, mais pas d'être complice d'un tel crime. De plus, la présence d'Allan n'avait pas échappé à leur surveillance. L'altercation le soir du concert n'était pas restée isolée : un incident analogue s'était produit chez un commerçant. Allan se comportait toujours avec la même agressivité quand il avait bu. Peu après mon audition, ils avaient contacté la police anglaise. Des enquêteurs avaient exhumé une sordide affaire à Londres. Allan y avait été accusé de violences sur une prostituée une dizaine d'années auparavant. Elle avait failli mourir étranglée, et avait déposé une plainte qui fut retirée après l'intervention de la famille d'Allan, certainement contre beaucoup d'argent… En outre, je supposais que cela eût été différent si le drame s'était déroulé ailleurs que dans la maison de la falaise. Peut-être m'aurait-on questionné davantage, ou aurait-on cherché quelque faille à mon récit et une culpabilité cachée… La rationalité n'avait pas déraciné les croyances anciennes à Blancheville, et cette double mort ne faisait qu'apporter la triste confirmation de ce que l'on avait toujours redouté : la toute-puissance du mauvais sort contre lequel il est impossible de lutter.

Les jours suivants ressemblèrent à un trou noir : je ne parlai de ce qui s'était passé ni à ma mère ni à mon beau-père. C'était au-delà de mes forces. De toute façon, les gendarmes s'étaient chargés de leur raconter les circonstances du crime et tout ce qui m'y rattachait. De leur côté, ils ne me posèrent aucune question. Nous reprîmes le cours de nos existences, à peu près là où nous les avions laissées avant ce funeste été, et pourtant tout était différent. Je me rendis compte qu'en leur absence je n'avais guère pensé à eux. Ma passion pour Annabel m'avait absorbé tout entier. Depuis le meurtre, je n'étais plus le même, je me sentais souvent désorienté, je passais par des moments d'abattement ou d'euphorie incontrôlables. Je ne pouvais dire à quiconque ce que j'avais traversé tant le sortilège de cette nuit me gardait prisonnier : par-delà la mort, Annabel m'habitait d'une manière que je ne pouvais comprendre ni expliquer.

La vie continuait, et les affaires d'héritage en Touraine n'étaient pas terminées. La vente de la ferme et du vignoble était sur le point de se conclure. Mon beau-père repartit peu après pour régler les derniers détails. Ma mère resta à Blancheville : étant donné ce qui s'était passé, elle ne pouvait faire autrement… Nous nous retrouvâmes seuls, elle et moi, dans la maison. Cela n'était pas arrivé depuis des années… Ma mère avait maigri : elle était tombée malade pendant son séjour à Chinon. Les médecins disaient que c'était dû au surmenage et à la chaleur, car elle avait trop longuement travaillé dans les champs sous un soleil brûlant. Elle était constamment fatiguée, souffrant de migraines et de vertiges. Ses yeux bleu clair avaient pris une teinte grisée… Je devinais sur ses traits son inquiétude liée à ce qui s'était passé, mais aussi ses regrets de n'avoir pas su créer de liens avec ce fils qui au fil des ans était devenu pour elle un inconnu – sans compter sa culpabilité d'avoir laissé la tombe de mon père loin de nous, ce qui avait empoisonné sa vie…

Depuis que j'avais fait la connaissance d'Annabel, et peut-être à cause de la douleur traversée, je comprenais mieux cette femme et le farouche besoin qu'elle avait dû ressentir d'oublier la guerre et d'être heureuse… Sans doute aurais-je dû lui dire tout cela… Mais, entre nous, le silence s'était déposé depuis longtemps comme de la neige sur un sol froid. Je ne sais pourquoi, je repensai à *L'Ensorcelée* de Barbey d'Aurevilly, et aux visites que l'abbé de La Croix-Jugan rendait à la comtesse de Montsurvent à la fin du roman : toute la ville se demandait de quoi pouvaient parler ces deux-là quand ils se retrouvaient… Les temps de la gloire, de la Révolution et des batailles étaient terminés… Que pouvaient-ils bien se dire ? On le découvrait dans les dernières pages avec une sorte de stupeur : ils ne se disaient *rien*… et restaient simplement assis face à face en silence, à contempler ce qui était mort et ne reviendrait jamais. Nous étions des gens simples, et n'avions connu ni leurs fastes ni leurs intrigues. Il nous arrivait néanmoins de connaître de ces moments de silence… Les mots qui auraient pu nous libérer nous échappaient, alors que flottait entre nous le fantôme de mon père. Ma mère s'efforçait de continuer comme avant : elle me parlait du quotidien, de ce qui se passait en ville et de ce que lui en rapportaient les voisins ; quant à moi j'essayais de lui donner le change, mais j'avais l'impression que mon cœur se dédoublait et qu'une part de moi s'éloignait de la vie.

XVII

Dans le village, on racontait que peu de jours après le drame la famille d'Allan avait envoyé deux hommes récupérer son corps. Il y avait son valet, qu'on avait déjà vu à Blancheville car c'était lui qui conduisait la Bentley noire, et un traducteur de français. Le premier cultivait un style dandy, sans doute par mimétisme avec son défunt maître. Il avait les cheveux châtains, une barbe finement taillée, le visage grave, l'air hautain, et portait un costume d'une impeccable élégance, agrémenté d'une pochette blanche. Le second avait une allure d'employé de bureau miné par les ans : des épaules voûtées, une démarche pesante, des cheveux négligés et une physionomie grossière. Ils avaient passé plusieurs heures à la gendarmerie où on leur avait expliqué les circonstances de la mort d'Allan pour que le valet pût en faire un rapport complet à sa famille. Puis ils étaient allés chercher ses affaires et étaient descendus dans un hôtel du bourg où ils avaient passé la nuit. Le lendemain matin, ils s'étaient levés à l'aube pour se rendre à la morgue, et avaient emporté la dépouille d'Allan dans un corbillard afin de la ramener dans le Sussex.

Henry, le frère d'Annabel, était arrivé très vite de Londres. Quoiqu'il fût médecin, il s'était effondré en découvrant le cadavre de sa sœur. Après avoir repris ses esprits, il avait longuement parlé avec les gendarmes pour essayer de comprendre, puis il demanda à aller dans la maison de la falaise. La scène du crime avait été nettoyée à présent, et tout ce qui devait servir à l'enquête avait été emporté et mis sous scellés. On l'avait autorisé à demeurer là le temps nécessaire pour organiser le rapatriement des affaires d'Annabel en Angleterre. Quelques jours après, un vieil homme l'avait rejoint : leur père arrivait du Japon où l'on avait réussi à le contacter en urgence. Ensemble, ils étaient allés visiter le cimetière marin de Blancheville et avaient décidé qu'Annabel y serait enterrée. Ils voulaient préserver sa mémoire… S'ils l'avaient ramenée à New Forest, les notables de la ville s'en seraient scandalisés. Certains se seraient opposés à ce qu'on inhume auprès de leur famille la fille d'une prostituée, une bâtarde qui fréquentait un homme sans mœurs et qui avait été tuée par son amant. On ne pouvait lui refuser une sépulture, mais son nom eût été sali, et elle n'aurait jamais reposé en paix… Aussi valait-il mieux qu'elle restât dans cet endroit paisible face à la mer où personne ne viendrait jaser sur ses origines ni médire sur sa tombe. Ils se rendirent donc à la mairie pour entreprendre les démarches nécessaires. Ils achetèrent une concession, puis allèrent lui choisir un cercueil en chêne, une stèle gravée, des ornements funéraires et des couronnes de fleurs…

Ils demandèrent qu'une messe fût célébrée pour Annabel à l'église Sainte-Lucie, car elle avait gardé de l'enfance une foi diffuse ; même si elle n'en parlait guère, elle aurait souhaité un office religieux, pensaient-ils. Il eut lieu à l'heure des vêpres dans une grande discrétion : hormis son père et son frère, il n'y avait que le prêtre, le sacristain et moi à l'orgue, les curieux ne s'étant pas enhardis à venir. Le père Laurent fit sonner les cloches et le sacristain ouvrit les deux panneaux du grand portail pour laisser les employés des pompes funèbres, sinistres et impassibles, porter le cercueil jusque devant le chœur. J'étais à la tribune de l'orgue quand Henry et son père traversèrent la nef pour prendre place face à l'autel ; en suivant du regard leur silhouette, je ne pus m'empêcher de penser à la première fois où j'avais vu Annabel entrer dans cette église… La célébration se déroula dans un grand dépouillement, consistant en une simple bénédiction, sans chant ni eucharistie. Je jouai les morceaux qui accompagnaient les prières du mieux que je pus ; cependant mes mains étaient moites, mes doigts gourds, et je me trompai dans les notes – à présent qu'elle était morte, cela n'avait plus aucune importance. C'était pourtant un crève-cœur pour moi de penser qu'il n'y avait pas de meilleur musicien pour l'accompagner en cette dernière occasion.

Après la fin de l'office, je suivis la famille vers le cimetière. Je gravis en silence la route qui décrivait des lacets d'asphalte le long de la colline, restant à distance derrière la voiture funèbre, de crainte d'être importun. En chemin, j'observai les deux hommes qui marchaient devant moi et ne semblaient pas m'avoir remarqué. Le père d'Annabel ne portait pas de vêtements noirs, un simple costume gris. Sur ses tempes, il avait noué un bandeau blanc, signe de deuil en Asie, sans doute pour respecter un rite de cette partie du monde où était née sa fille. Il avait une tête chenue, le teint hâlé, les yeux humides et d'un bleu limpide ; malgré les rides, il conservait un air de jeunesse insoumise qui reflétait la liberté avec laquelle il avait mené sa vie. À ses côtés se trouvait Henry, de plus petite taille, les cheveux brun foncé, le teint mat et de frêles épaules. Il s'était aussi paré d'un ruban de deuil, et portait des lunettes métalliques qu'il ôtait de temps à autre pour en essuyer les verres, découvrant ses yeux sombres et myopes.

Personne n'eût imaginé que ce fût là un père et son fils. Pourtant, en les considérant avec attention, on était frappé par leur ressemblance extraordinaire. Je ne parle pas seulement des traits physiques transmis par le père à ses enfants, mais aussi d'un air de famille acquis par attachement filial, en vertu d'une relation invisible, où l'imprégnation mutuelle est aussi déterminante que le sang. De même que les enfants avaient hérité du nez droit et du menton étroit de leur père, celui-ci semblait s'être transformé intérieurement à leur contact : il y avait sur son visage un peu de la rondeur orientale de son fils, quelque chose de la finesse annamite de sa fille. En observant cette ressemblance délicate, et en voyant le fantôme d'Annabel passer sur le visage du vieil homme, je sentis des larmes me venir aux yeux. Il n'y a pas de mot pour dire la douleur d'un être qui perd sa fille d'une manière aussi brutale, car si chacun sait qu'il doit mourir, il a besoin de l'illusion que son enfant vivra toujours, et l'évidence du contraire était un affreux cauchemar.

Nous étions arrivés devant la fosse vide à côté de laquelle on déposa le cercueil. Le père Laurent tenait à la main un vieux missel en cuir brun qu'il ouvrit pour lire un psaume. Le sacristain lui tendit un seau d'eau bénite et un goupillon : le prêtre en aspergea la tombe, chanta un *Ave Maria* et fit un grand signe de croix pour bénir une dernière fois le corps d'Annabel ; enfin, les deux hommes s'effacèrent. Dans le silence, je m'avançai pour toucher le cercueil – il était en bois verni, sculpté d'une rose dont les pétales semblaient fraîchement éclos : c'était dans ce lit glacé qu'elle allait dormir sous la terre. Je ne voulais pas me laisser submerger par le chagrin : je savais que son âme demeurait en moi. J'eus alors l'impression de sentir son souffle tiède sur ma joue – et, pour la première fois, j'entendis sa voix chanter à mon oreille, ou plutôt à l'intérieur de ma tête : elle ressemblait à une musique sans paroles, une brise soufflant des profondeurs… Henry s'approcha de moi : *it seems like you are Michel* ; sa voix se brisa, et nos mains s'effleurèrent. Puis cet homme si discret se détourna pour me cacher son visage, et il regarda vers la mer. Au loin, le soleil flamboyait sur l'eau en mêlant ses rayons ardents à l'infini : c'étaient des noces de sang et de lumière qui devaient se fondre dans le gris pers du crépuscule de cette fin d'été.

XVIII

Le père d'Annabel partit le lendemain pour l'Angleterre où il attendrait le retour de son fils. Resté seul pour les dernières formalités, Henry s'isola une dizaine de jours dans la maison de la falaise. Quand les gens d'ici l'apprirent, ils s'exclamèrent que c'était une folie macabre que de séjourner dans ce lieu hanté. Dans la rue, sur la place du marché ou au café, on ne parlait plus que de la présence de Henry, comme si ce fait suscitait une plus grande curiosité que le crime tout juste commis. Le meurtre d'une femme par son amant était l'aboutissement fatal d'une passion insensée – on ne s'en étonnait guère, il y avait des cas plus abominables encore. Mais qu'un homme soit attaché à sa sœur au point de demeurer là où elle était morte, de marcher dans ses pas et dormir dans ses draps, paraissait malsain et incompréhensible, d'autant que la maison était peuplée de fantômes… Certains supposèrent qu'Annabel et son frère avaient une liaison coupable qui expliquait la jalousie meurtrière d'Allan. D'autres estimèrent que tout ce qui était arrivé constituait une punition de leurs fautes – ses fautes à lui, à elle, à eux trois, car aucun ne semblait innocent dans cette histoire. D'autres se plurent à chuchoter que le diable s'était amusé à les rendre fous : les plus absurdes bavardages ne manquaient pas au cortège des tragédies.

Pour ma part, si j'avais pu faire comme Henry, je n'aurais pas agi autrement. Je savais combien Annabel et lui étaient attachés l'un à l'autre. Du reste, quel homme pouvait connaître Annabel sans l'aimer ? Henry devait ressentir le besoin de passer quelque temps sous le toit où elle avait vécu ses dernières semaines, pour voir l'aube à sa fenêtre, le salon où elle avait joué du piano, les arbres sous lesquels elle s'était reposée et les roses qu'elle avait plantées dans son jardin. Qui sait comment il vécut ces journées de solitude ? Je le revis une dernière fois un matin où j'allais au cimetière. Le temps était clair ; une légère brume se mêlait aux vagues à l'horizon. Henry était arrivé avant moi, et se tenait devant la tombe d'Annabel près de laquelle il avait fait dresser une croix en fer forgé. Les couronnes funèbres étaient déjà flétries – seuls les lys plantés en terre exhalaient toujours leur senteur entêtante. Une dalle de marbre venait d'être scellée sur la sépulture. Sur une tablette en bois, Henry avait déposé un bouddha souriant, une assiette de fruits, une théière, des bols et un pot en porcelaine rempli de sable où étaient plantés des bâtonnets d'encens. Il avait fait graver une stèle au nom d'Annabel avec ses dates et des vers d'Emily Dickinson :

It's like the Light –
A fashionless Delight –
It's like the Bee –
A dateless – Melody –

Nous restâmes côte à côte à regarder l'encens brûler sur l'autel improvisé. La fumée s'élevait en volutes, et la braise se consumait en un cylindre rougeoyant qui tombait en cendres sur le marbre au milieu d'une odeur de sève brune. Henry fut le premier à rompre le silence. Sa voix était grave et un peu enrouée. Dans un mélange d'anglais et de français, il me dit qu'Annabel lui avait parlé de moi dans ses lettres, de notre rencontre au début de l'été, de mes fréquentes visites et de nos conversations ; elle lui avait raconté la promenade qu'elle avait faite avec moi sur la plage et les falaises environnantes – la vue y était très impressionnante, lui avait-elle dit, à la fois proche et différente des côtes anglaises. Il hésita un instant, puis continua : il aimerait bien voir ces lieux à son tour – aurais-je le temps de les lui montrer ? Un regard me suffit pour lui répondre.

Nous quittâmes le cimetière à pied. Derrière nous, le vent se levait et, en tournant la tête, je sentis qu'Annabel marchait à notre suite. Elle avait la forme à la fois distincte et impalpable qui m'était apparue peu après sa mort : j'en reconnus le souffle léger, la fraîcheur d'eau vive, ainsi que la faculté qu'elle avait de se mouvoir à travers les choses. Dans son sillage, le vent frémissait dans les arbres sur le bord de la route et, par un frais murmure, elle nous accompagnait, passant dans les cris d'une mouette et la caresse de son battement d'ailes. Elle surgissait au milieu des méandres du chemin, dans l'air au détour de la terre ocre, d'un buisson verdoyant ou sur les reflets de la mer en contrebas.

Les lacets nous menèrent bientôt au pied des dunes. Je guidai Henry vers le raidillon qu'Annabel et moi avions emprunté, si peu de temps auparavant – comment admettre qu'à présent elle était morte et devenue l'étrange souffle qui nous accompagnait, cette brise claire qui nous serrait le cœur ?... Le sentier nous fit déboucher sur la plage où s'offrait une vue splendide. La mer reflétait le soleil de midi : elle chatoyait de teintes irisées et de rayons ardents qui nous brûlaient les yeux, si nous essayions de les fixer. Annabel sembla s'absenter un moment, et je ne m'inquiétai pas car je savais qu'elle me reviendrait. Henry et moi continuâmes seuls notre marche sur le sable. Au loin, les vagues remontaient lentement vers la côte, dans le poudroiement des embruns et de l'écume.

Nous marchions en silence, non parce que nous parlions des langues différentes ou que Henry était comme moi d'un caractère réservé, mais à cause du chagrin inexprimable qui nous traversait. La mort d'Annabel était si inconcevable que nous n'eussions pas été surpris de la voir réapparaître en chair et en os dans le bruissement des flots. Nous parcourûmes toute la longueur de la plage et arrivâmes au pied des falaises. Je cédai le passage à Henry dans la montée des marches creusées à flanc de roche, puis je le précédai pour l'aider dans les escarpements qui menaient vers les hauteurs. Il découvrit alors la vision dont Annabel lui avait parlé : la grande prairie verdoyante qui dominait la mer, les fleurs des champs accrochées au ciel et le chemin vertigineux au bord du gouffre qui l'avaient tant frappée… Ces reliefs de calcaire semblaient tendre leurs bras vers l'autre côté de la Manche où se dressaient les *Seven Sisters*, terrestres reflets des radieuses Pléiades.

Annabel avait retrouvé ici la fraîcheur de son enfance dans le Sussex et la férocité des vents qui y soufflaient, avec quelque chose de plus clément, d'autres couleurs, des parfums inconnus… Les aspérités de cette roche blanche nous faisaient ressentir la dureté du sort qui nous l'avait enlevée. Nous restâmes debout face à l'horizon, les pieds dans l'herbe sèche et la luzerne où Annabel et moi nous étions allongés. Sous cette voûte d'azur, et devant le miroitement de la mer, l'avenir semblait possible… Près de moi, Henry toussa à plusieurs reprises ; j'entendis le sifflement de son souffle d'asthmatique, oppressé par le début d'une crise.

Nos regards se croisèrent : sans elle, moi non plus je ne pouvais plus respirer. Le soleil brillait d'une clarté insolente : chacun de ses rayons versait une huile brûlante sur nos tourments. Nous redescendîmes lentement vers la plage ; sur le sable, nous sentîmes une légère bruine et la morsure du vent chargé de sel – l'heure était venue de rentrer.

Je raccompagnai Henry jusqu'au portail de sa maison et m'apprêtais à m'en aller, lorsqu'il me retint. Sur son visage passa une expression coutumière d'Annabel, un froncement de sourcils qui s'éclaircissait en un léger sourire quand elle cherchait ses mots. Je fus parcouru d'un frisson, la retrouvant presque à l'identique sur les traits de son frère. Il m'invita à entrer… C'était la première fois que je revenais en ces lieux depuis le meurtre, et je n'hésitai pas. Je franchis le portail et retrouvai le jardin où le vieux pin qui gardait l'entrée s'était assombri : ses branches grêles avaient perdu toute leur vigueur. Les arbres projetaient une ombre décharnée sur l'allée de gravier qui bruissait sous nos pas. À mesure que j'approchais de la maison, je vis que les buis s'étaient ternis de rouille et que le chèvrefeuille était flétri en cette fin de saison. Seules les tiges vert émeraude du lierre sur le colombage semblaient nous toiser de leur hauteur insolente.

Henry ouvrit la porte, et me fit entrer dans le vestibule où je demeurai seul quelques minutes. J'étais redevenu un étranger à ces lieux. Le parfum de thé que j'avais l'habitude d'y trouver au début de l'été avait disparu pour laisser place à une odeur de cendre et de poussière. Par la porte du salon, je vis des cartons emballés, des meubles démontés, des chaises empilées ; le pavillon du gramophone était dans une malle ouverte où se trouvaient une pile de disques, le sabre japonais, le dragon de jade et autres bibelots dans un désordre qui manifestait plus que jamais leur association hétéroclite ; tout était prêt à être emporté. Le tapis en velours bleu et or sur lequel elle s'était vidée de son sang avait été enlevé ; le piano était de nouveau recouvert de l'épaisse toile noire dans laquelle je l'avais vu arriver. Sur la table, il ne restait qu'un vase en cristal dans lequel un bouquet de fleurs desséchées portait la marque grimaçante de la mort. Henry était monté à l'étage, et redescendit rapidement l'escalier, tenant à la main un tableau qu'il me tendit en disant : *I'd like you to keep it*, puis, toujours dans un mélange de français et d'anglais, il ajouta qu'il provenait de la collection indochinoise de leur père et représentait la légende de la Montagne de l'attente.

Le tableau était peint sur un panneau de bois verni à la laque selon la tradition vietnamienne, et coloré de rouge, d'argent et d'or. On y voyait une colline escarpée sur laquelle se détachait la silhouette gracile d'une femme qui portait un enfant dans ses bras. À ses pieds s'étendaient des rizières en terrasses autour desquelles on distinguait des bambous, le cours d'une rivière, des buffles et des aigrettes dans le ciel. La femme regardait vers l'horizon, et semblait sourire entre ses larmes, dans l'espoir de revoir son mari. Le tableau était dominé par son immobilité de pierre, cependant on avait aussi l'impression qu'un souffle invisible parcourait le paysage ; il passait dans des détails imperceptibles : le flux de l'eau, le vent dans les nuages, les rayons du soleil qui dessinaient des spirales, animant la peinture d'une vie délicate. Henry l'enveloppa dans un tissu en soie blanche et me le donna. Il rentrait en Angleterre le lendemain. Des transporteurs viendraient chercher les meubles, l'agence se chargerait de fermer la maison, il n'aurait plus à revenir. Je devais m'y attendre… Je ne sus que répondre – d'un déménagement à l'autre, le souvenir du jour où l'on avait livré le piano me revint à l'esprit : c'était par un clair après-midi comme celui-là que j'étais entré dans ce jardin le cœur battant, que j'avais fait la connaissance d'Annabel… Le temps était passé si vite et, à présent, ma visite à Henry s'achevait. Il me raccompagna et je lui dis adieu, même si pour moi tout n'était pas encore terminé.

Une mouette

– sous le voile

un cri dans l'azur pâle

et la voix errante des morts

parmi les étoiles-chimères

s'envolait

XIX

Cette année-là, il y eut une floraison de papillons vers la fin de l'été. On n'avait jamais vu cela dans la région ; seules de vieilles gens prétendaient avoir connu un tel épisode dans le sud de la France. On crut en trouver la cause dans le regain d'un printemps tardif – un de ces miracles de la nature qui n'arrivent que dans les livres. Les plus superstitieux le relièrent bien sûr à la sorcellerie ou à une conjonction secrète des astres. Les papillons apparurent petit à petit : d'abord on en vit quelques-uns aux teintes inhabituelles parmi les liserons et les trèfles au bord des chemins. Puis ce furent des nuées entières d'insectes multicolores qui voletaient dans les collines et les champs : il y avait des azurés, des lunaires, des damiers, des sphinx, des argus bleus, des fadets aux écailles orangées… Et le soir se réveillaient les phalènes, les noctuelles et d'autres espèces mystérieuses aux ailes cuivrées et funèbres.

Il y eut des curieux pour venir de loin les observer, attirés par le bouche à oreille – et qui repartirent en exagérant la réalité, proclamant qu'ils avaient vu de véritables prodiges. Ceux qui étaient par principe hostiles à toute idée irrationnelle ne firent pas le déplacement, soucieux de ne pas céder à cette tocade, de sorte que le village ne fut pas trop perturbé dans ses habitudes. Quant à moi, après le départ de Henry, le peu d'attaches que je voulais garder avec la réalité finit par se dissoudre. Je vivais dans un chagrin dont je ne voulais pas me libérer, le portant comme une ténébreuse créature que je laissais s'accrocher à mon cœur sans tenter de m'en débarrasser, même si l'animal y enfonçait ses griffes de plus en plus profondément. Je n'étais pas malade ou devenu fou. Simplement, l'intérêt et les contours du monde s'effacèrent à mes yeux : les choses qui comptaient auparavant, ma rentrée prochaine à l'université, mes projets pour le futur, mes blessures anciennes elles-mêmes avaient perdu leur sens.

J'allais tous les jours sur la tombe d'Annabel. Ma mère ne me le reprochait pas de crainte de me blesser, mais je devinais combien cette fidélité à une morte la perturbait. Dans mon aveuglement égoïste, je ne voulus pas comprendre qu'elle essayait désespérément de m'aider à faire le deuil du passé et à me tourner vers l'avenir. S'il devenait évident que ma rentrée à l'université serait reportée pour raison de santé, elle ne voulait pas que cette perspective s'éloignât, persuadée qu'après deux ou trois mois de repos je serais rétabli. Elle me dit que son rêve eût été de faire des études et qu'elle m'accompagnerait volontiers dans ma future installation à Paris. Elle cherchait à savoir si quelque chose me ferait plaisir et si j'avais envie de voir des amis. Je ne savais que répondre et laissais nos conversations s'éteindre. Ma mère s'efforçait de mettre de l'entrain dans ses paroles et de paraître joyeuse, mais je savais que les migraines ne la quittaient pas depuis Chinon, et que sa santé déclinait. Lorsqu'elle me parlait, j'avais l'impression d'entendre sa voix devenir de plus en plus lointaine, comme si elle provenait d'une barque quittant la rive… Et il n'y eut bientôt plus que ces papillons où se mêlait le souvenir d'Annabel.

Ils me rendirent un jour visite dans la cour de notre maison. Dans un buisson de lavande, je vis s'attarder quelques insectes dont les ailes semblaient ajouter des pétales blancs et jaunes aux épis mauve cendré. Ils furent rejoints par des dizaines, des centaines d'autres, voltigeant de plante en plante. Ils remplirent le jardin de couleurs tendres : du rose à l'indigo, au violet, au marron et au gris… Ils formaient de grands essaims qui se déplaçaient avec une légèreté tremblante parmi les arbres et les fleurs. Je passai des heures à les contempler, incrédule devant cette beauté qui ne s'évanouit que tard dans la nuit.

Les papillons apparaissaient et disparaissaient selon leur caprice. Un soir, je m'étais endormi les fenêtres ouvertes, et je fus réveillé le matin par un frôlement sur mon visage. En ouvrant les yeux, je constatai que ma chambre avait été envahie par les insectes colorés. Ils se posaient sur les murs et le plafond. Ils passaient devant moi et se reposaient un instant sur ma peau. Ils étaient venus me chercher et m'appelaient comme l'air du joueur de flûte de Hamelin – alors je les suivis. En sortant de la maison, je me sentis revivre. Depuis la mort d'Annabel, des crises d'angoisse me plongeaient dans un profond abattement du corps et de l'esprit, et le souvenir de ses derniers instants me revenait comme un cauchemar continuel. Je revoyais la maison illuminée, je sentais le froid de la nuit, je revivais le moment où j'avais marché vers ses fenêtres, avec l'espoir de déposer mon billet vain et dérisoire. Dans le salon, Allan jouait aux fléchettes, j'étais enveloppé de l'odeur de son whisky et de ses cigarettes – puis tout recommençait, il prenait le pistolet sur la cheminée, le corps d'Annabel s'effondrait dans un cri et son sang mouillait mon visage. Cependant, ce matin-là, je respirai de nouveau comme si les vapeurs de cette nuit funeste se dissipaient, me remplissant d'une jubilation folle.

Les papillons m'entraînaient dans une promenade à travers la campagne. Ils prirent la direction de la lande qui s'étendait sur les hauts de Blancheville. La terre y était sablonneuse, recouverte d'une herbe rêche, battue par les vents. Je marchai longtemps, sans autre volonté que d'avancer et de ne plus penser à rien. Les insectes voletaient toujours devant moi et se mêlaient à la bruyère caressée par la brise marine. Ils me conduisirent sur une colline escarpée d'où l'on voyait la mer semblable à une anémone grise perdue entre les nuages. Au loin, l'horizon se parait de rayons d'argent, traversés d'éclats violacés – on s'y sentait plus près du ciel, comme s'il eût suffi de tendre la main pour le toucher. Je restai là, les yeux fixés sur la brume qui flottait sur les vagues et les chardons épineux à mes pieds avant de me lever de nouveau.

Je redescendis la colline en suivant les papillons sur un autre versant. La pente du chemin nous mena vers un étang entouré d'une roselière. À mesure que j'approchais, j'entendais s'élever un coassement de grenouilles cachées parmi les roseaux et les iris des marais qui bordaient ses rives. Sur l'étang s'étendait un filet verdoyant de lentilles d'eau : les papillons s'y posèrent en effleurant la surface dans la lumière de midi. Annabel m'apparut sur la rive : elle avait l'air de rêver, silencieuse, le regard perdu. Ses cheveux tombaient sur ses épaules, son visage rose se dessinait comme celui d'une poupée en porcelaine. Elle portait une robe noire, ses bras et ses pieds étaient nus. Allan se tenait à quelques pas derrière elle, il avait le visage grave et la beauté altière d'une statue. Il semblait la surveiller, en la couvrant d'un œil farouche et brûlant.

L'attention d'Annabel fut attirée par des oies sauvages qui traversaient le ciel. Les oiseaux battaient des ailes avec vigueur, accompagnant leur vol de cris vifs et puissants. Pendant qu'elle les observait, Allan s'avança, posa la main sur son épaule et l'attira à lui… Je vis alors les papillons qui s'étaient posés sur l'étang revenir peu à peu vers la rive : les insectes se dirigèrent vers les deux amants, et les enveloppèrent dans un frémissement. Annabel et Allan furent engloutis dans un tournoiement qui me saisit : il n'y avait plus qu'un essaim de papillons rouges, verts et dorés formant un tourbillon fabuleux… Au bout de quelques instants, les couleurs se dissipèrent – les deux fantômes s'étaient évanouis, il ne restait que le murmure de la brise et le chant des grenouilles sur l'étang.

Une autre fois, un dimanche, j'entendis les cloches qui annonçaient la messe. Ma mère avait des insomnies et se réveillait souvent avec un mal de tête qui la contraignait à se lever à l'aube. Elle préparait le petit déjeuner, lisait ou s'occupait du ménage, avant de se rendormir en milieu de matinée. Elle s'apprêtait à se recoucher quand il me vint à l'esprit que je n'étais pas retourné à l'église depuis l'enterrement d'Annabel. Je décidai d'y aller. Sur le chemin, les papillons se perdaient dans les hautes herbes ; quelques-uns butinaient sur des rosiers ou des mûriers sauvages, et suivirent mes pas. Comme le grand portail était ouvert, les insectes entrèrent avec moi. Ils traversèrent la nef, et emplirent le chœur de leurs mouvements gracieux. Ils se posèrent sur les statues, animant la pierre froide d'une vie fébrile. Je restai debout, captivé par ce tremblement printanier sous la lumière des vitraux, et n'en fus détourné que par le grésillement d'une flamme : des papillons aux ailes blanches s'étaient approchés trop près des cierges et, brûlés, ils étaient tombés à terre, semblables à des feuilles mortes.

Je m'assis au fond de l'église, tandis que l'orgue commençait à jouer pour le début de l'office. J'écoutai les prières, la musique et les chants d'une oreille distraite... Au moment de l'*Alléluia*, je remarquai deux femmes en noir. La première était une paysanne accompagnée de sa fille, une enfant de six ou sept ans qui s'agrippait à son bras. Leurs visages étaient tristes, leurs mains sales, leurs vêtements déchirés et en désordre – à les voir, on devinait qu'un malheur les avait frappées et qu'elles s'efforçaient de rester dignes. La seconde était une jeune femme élégante ; elle portait une robe en lin, un chapeau, des gants et un châle, quoique ce ne fût pas de saison. Lorsqu'elle se tourna vers la fillette pour lui caresser la joue, mon cœur se mit à battre plus fort : je reconnus Annabel. Son regard avait les éclats violets qui m'avaient frappé la première fois. Elle était aussi belle qu'au début de l'été, à peine plus pâle, l'air serein, comme si le crime d'Allan était passé sur elle sans l'atteindre.

Toutes trois s'assirent pour écouter le sermon du père Laurent – je fis de même, fasciné par leur présence que j'observais sans bouger, de peur de rompre le charme. Les gens n'avaient pas l'air de les voir et faisaient comme si elles n'étaient pas là. Pourtant, la petite fille s'agitait sur sa chaise et s'impatientait. Elle parlait tout haut et tirait sa mère par la main, en criant qu'elle s'ennuyait et voulait s'en aller. Les deux femmes commencèrent par lui chuchoter de se taire et de se tenir tranquille, mais à la longue elles finirent par céder à son caprice et se levèrent pour partir. L'enfant, ravie d'avoir obtenu gain de cause, sautilla en traversant l'allée centrale. Je constatai avec surprise que personne ne leur prêtait attention pour les blâmer ou se scandaliser d'une telle insolence : cette apparition était invisible à tous, sauf à moi ; je me levai à mon tour pour les suivre.

Lorsque je sortis sur le parvis de l'église, je vis que les trois silhouettes prenaient le chemin de la mer. La fillette marchait devant, et se retournait de temps à autre pour s'assurer qu'elle ne s'éloignait pas trop. Elle s'amusait à courir, et s'arrêtait ici ou là pour cueillir des boutons d'or et des pâquerettes dont elle composa un petit bouquet. Passant près d'une haie de mûriers, elle y grappilla quelques fruits en prenant garde de se frotter aux ronces ; elle les goûta et en donna à sa mère et à Annabel. J'avais le cœur battant, hypnotisé par ces fantômes impalpables qui se promenaient en robe de deuil dans la clarté du jour. Nous croisâmes des passants mais, pas plus que dans l'église, ils ne semblaient les voir.

Après une longue marche, nous arrivâmes en vue de la plage des Sorcières : en apercevant les fleurs de genêts sous le bois de chênes qui se trouvait à sa lisière, je tremblai d'effroi et compris soudain : la paysanne et sa petite fille étaient celles qu'on avait tuées autrefois en ces lieux – elles étaient devenues des âmes errantes et allaient rejoindre les tombes qui étaient à présent leur refuge. Je courus vers elles pour les rattraper, les toucher, leur parler peut-être, mais il était trop tard : je n'eus que le temps de les voir descendre l'une après l'autre dans la terre froide. Quand je parvins devant les deux croix dressées en leur souvenir, je vis le petit bouquet de la fillette. Les fleurs gardaient encore le froissement de sa main tiède. Bouleversé, je me laissai tomber près des dalles de pierre : dans ma folie, je me promis de les retrouver, peu importait jusqu'où cela me mènerait.

XX

Nous étions déjà à la mi-septembre. Sur les arbres, les feuilles jaune d'or annonçaient le flamboiement de l'automne, et le vent frais m'emplissait du spleen de la saison. Ce matin-là, je fus réveillé par un orage. Le tonnerre grondait au loin, des éclairs illuminèrent le ciel et la pluie crépita à ma fenêtre. Je me laissai bercer par l'écoulement de l'eau sur le toit et les gouttières. En me rendormant, je rêvai que j'étais sur une barque, enveloppé dans mes draps comme dans un linceul. L'embarcation glissait au fil d'une rivière ; l'aube pointait, dévoilant des berges désolées d'où s'élevaient d'étranges murmures… Lorsque je repris conscience, il faisait grand jour, l'averse était passée. Je m'habillai, l'esprit embrumé, comme si le rêve se poursuivait.

En descendant dans la cuisine, je sentis une odeur de pain grillé et de miel. Ma mère s'était réveillée aux aurores. Elle avait déjà pris son petit déjeuner et m'avait laissé de quoi manger sur la table. Elle me réchauffa du café, et me demanda si j'avais bien dormi. La réponse était sans importance, aussi fis-je semblant de ne pas avoir entendu et je ne lui répondis pas… Elle me servit une tasse, puis elle s'installa pour lire dans le salon. Je pris mon café seul, sans toucher à ce qu'elle avait préparé, car je n'avais pas faim. Je perçus alors une voix qui me soufflait d'aller marcher sur le bord de mer… On aurait dit une musique délicate, et je n'eus pas envie de résister à son appel. Je voulus dire à ma mère que je sortais ; je la trouvai endormie sur le canapé comme cela lui arrivait parfois, son livre posé à côté d'elle.

Je remarquai que ses joues étaient encore humides de larmes ; son visage était triste – le front plissé, les yeux fermés. Une émotion me traversa. Je ne l'avais jamais vue pleurer auparavant, ni mon père, ni les enfants qu'elle n'avait pas eus après moi, ni le mauvais sort qui planait sur elle… Je songeai alors que ces larmes abandonnées au sommeil, il m'eût été bon de les voir, plus jeune, tant je l'avais crue insensible. À ses pieds, il y avait une couverture en laine : je la remontai sur ses épaules, et frôlai des doigts ses cheveux bruns veinés de blanc dont la douceur me rappela l'herbe du jardin. Si elle s'était réveillée, peut-être lui aurais-je parlé, peut-être m'aurait-elle retenu… Il était trop tard, à présent. La voix me poussait à m'en aller, et je sortis sans faire de bruit pour ne pas la déranger, tandis que grinçait le balancier de l'horloge.

J'avais quitté depuis peu la maison quand je me retournai et m'aperçus qu'une légère brume avait commencé à recouvrir la toiture. Elle flottait en langues vaporeuses sur les ardoises, et glissait peu à peu vers le sol en s'opacifiant. Je continuai à marcher, et me retournai à nouveau pour constater que la bâtisse avait presque entièrement disparu sous cette nuée. La voix qui m'accompagnait me souffla d'avancer sans inquiétude. Devant moi, le paysage m'appelait : il y avait une lumière singulière après l'orage. Le soleil traversait la brume d'une vibrante clarté. La campagne sortait de la torpeur de l'averse : on entendait à nouveau le chant des oiseaux. Sur le chemin, le ciel se reflétait dans de larges flaques d'eau, de sorte que j'avais l'impression de poser les pieds sur le firmament. La voix ne cessait de me parler ; d'autres voix se joignirent à elle, formant un chœur à mes oreilles. Sur la route, je croisai le père Laurent qui se rendait à l'église. Je lui souris et le saluai, mais il passa sans me répondre. Je regardai alors mes mains et un frisson me parcourut : ma peau avait une pâleur inhabituelle, presque diaphane – je compris que je commençais moi aussi à m'effacer du paysage.

Mes pas me conduisirent sur le chemin du cimetière qui apparut sur son promontoire face à la mer. Lorsque j'en franchis le portail de fer, je perçus l'odeur du sol détrempé par la pluie ; il s'en élevait des senteurs de menthe qui ne m'avaient encore jamais frappé en ces lieux. Au bout de l'allée, des papillons voletaient sur la tombe d'Annabel : des insectes aux ailes translucides ornées de taches noires et blanches vinrent se poser sur mon bras. Mon cœur fut saisi d'effroi – ou était-ce plutôt d'une étrange joie ? Annabel était là : d'une manière inexplicable, je me sentais à la fois ébloui par le mystère de sa présence et pas vraiment surpris ; j'étais sûr de la trouver, comme si nous nous étions donné depuis longtemps ce rendez-vous. Je l'appelai par son nom, et elle se retourna. D'un ton dur, elle me lança : c'est une folie, tu es malade, il est trop tôt – tu es encore un enfant… et sa voix se brisa. Ses yeux étaient pleins de larmes, son visage avait cette mélancolie qui m'avait tant charmé et cette beauté qui n'avait cessé de m'habiter. Je sentis le vent se lever et les voix me soufflèrent des paroles indistinctes qui se mêlaient à la mer tourmentée, ravivant les notes fraîches de sa *Ballade de la rivière*…

Je m'approchai d'Annabel et lui pris la main : elle était d'une douceur glacée. À son contact, je ressentis de nouveau une sensation d'eau claire, comme lorsque son âme était passée en moi – et, par l'effet d'une merveilleuse porosité, une partie de moi s'en alla aussi vers elle. J'effleurai de mes lèvres ses cheveux : ils avaient un parfum de tilleul les soirs de juin, quand apparaît la première étoile dans un ciel de cendres. Elle s'agrippa à moi pour me retenir. Les voix continuaient de chuchoter dans ma tête, et je me dégageai de son étreinte pour m'avancer seul vers le bord de la falaise où le vent soufflait de plus en plus fort. La roche était recouverte d'une herbe verdoyante parsemée d'ailes colorées : les papillons m'avaient suivi et voltigeaient sur les genêts et la bruyère accrochés au flanc de la roche. Les falaises dessinaient des reliefs de fine dentelle qui plongeaient dans la mer à la verticale ; en bas, les vagues fleurissaient en volutes d'écume blanche, et leur mugissement se mêlait aux cris des goélands.

Était-ce un rêve ou le seuil d'une plus pure réalité ? Une douleur me saisit, mes yeux se mouillèrent et, dans un instant d'absence, de brume flottante, je fus brusquement enlevé par une force extérieure. Je m'élançai au-dessus du sol – irrémédiable folie. Je ressentis la transparence de l'air et mon corps se déroba dans une fragile seconde de suspension – allais-je trouver le néant ou une aube mystérieuse ? Il y eut un rayonnement de couleurs, une splendeur indéfinie, une douceur ténébreuse… Le vent m'élevait-il vers le paradis ou me précipitait-il dans l'enfer ? Une flamme me traversa comme un cri déchirant – alors, il n'y eut plus que le vide et le rouge vermeil des vagues fracassées sur la falaise – et dans les hauts du ciel, le vol d'un papillon qui scintillait dans la nuit.

Dans la nuit,

Feuille claire, plume

lotus sur le tourbillon des airs

– fleuris au fond des eaux,

transperçant

les ténèbres bleues

vers la lumière

À Thomas, Aimé, Armand et Marie

Kính tặng Bố Mẹ và gia đình ở Pháp, Mỹ, Thụy điển, Đức và Việt Nam

À Gabrielle Althen. À Michel Espagne

À Viviane Hamy et Lise Chasteloux

La littérature française aux Éditions Viviane Hamy

Marie Capron
Priya, La Fille du boucher

Virginie Carton
Restons bons amants

Cécile Coulon
Méfiez-vous des enfants sages
Le Roi n'a pas sommeil
Le Rire du grand blessé
Le Cœur du pélican
Trois saisons d'orage

Laurent Dutheil
J'ai 7 ans

Philippe Godoc
Kepone

Céline Lapertot
Et je prendrai tout ce qu'il y a à prendre
Des femmes qui dansent sous les bombes
Ne préfère pas le sang à l'eau
Ce qui est monstrueux est normal
Ce qu'il nous faut de remords et d'espérance
Les Chemins d'exil et de lumière

Odile Lefranc
Le Lac au miroir

Yoram Leker
L'Âme au diable

Julie Manarra
Rouge cendre

Karim Miské
Arab Jazz
N'appartenir

Estelle Monbrun / Elyane Dezon-Jones
Meurtre chez Tante Léonie
Meurtre à Petite-Plaisance
Meurtre à Isla Negra
Meurtre chez Colette (avec Anaïs Coste)
Le Fantôme du petit Marcel (avec Stéphane Heuet)
Meurtre à Montaigne

Hoai Huong Nguyen
L'Ombre douce
Sous le ciel qui brûle
Le Cri de l'aurore
Tendres ténèbres

Thomas Oussin
Soleil de juin
À Double tour

François Pieretti
Saltimbanques

Alexis Ragougneau
La Madone de Notre-Dame
Évangile pour un gueux
Niels
Opus 77
Palimpseste

Dominique Sylvain
Baka !
Sœurs de sang
Techno Bobo
Travestis / Le Roi Lézard
Strad

La Nuit de Geronimo
Vox
Cobra
Passage du Désir
La Fille du samouraï
Manta Corridor
L'Absence de l'ogre
Guerre sale
Ombres et Soleil
L'Archange du chaos
Kabukicho
Les Infidèles
Une femme de rêve

Mehtap Teke
Petite, je disais que je voulais me marier avec toi

François Vallejo
Vacarme dans la salle de bal
Pirouettes dans les ténèbres
Madame Angeloso
Groom
Le Voyage des grands hommes
Ouest
Dérive
L'Incendie du Chiado
Les Sœurs Brelan
Métamorphoses
Fleur et Sang
Un dangereux plaisir
Hôtel Waldheim
Efface toute trace
La Delector

La littérature étrangère
aux Éditions Viviane Hamy

Traduit de l'allemand

Ruth Klüger
Perdue en chemin
Refus de témoigner

Traduit de l'anglais

Harriet A. Jacobs
Incidents dans la vie d'une jeune esclave

Yelena Moskovich
Les Natashas
Virtuoso

Charlotte Perkins Gilman
Benigna Machiavelli

Denton Welch
Voyage initiatique
Soleils brillants de la jeunesse

Traduit de l'espagnol

José Luis de Juan
L'Apiculteur de Bonaparte
Les Souffles du monde

Traduit du grec

Christos A. Chomenidis
Niki

Haris Vlavianos
Journal fictif d'Adolf Hitler

TRADUIT DE L'HÉBREU

Nissim Aloni
Le Hibou

TRADUIT DU HONGROIS

Róbert Hász
Le Passage de Vénus
Le Prince et le Moine
La Forteresse
Le Jardin de Diogène

Frigyes Karinthy
Je dénonce l'humanité
Voyage autour de mon crâne

Dezsö Kosztolányi
Le Traducteur cleptomane
Le Cerf-volant d'or
Anna la douce
Alouette

Magda Szabó
Abigaël
L'Instant
Le Vieux Puits
Le Faon
Rue Katalin
La Ballade d'Iza
La Porte

Antal Szerb
Oliver VII

Traduit de l'italien

Gianni Clerici
Les Gestes blancs
Suzanne Lenglen, La Divine

Traduit du portugais

João Ricardo Pedro
La Main de Joseph Castorp

Gonçalo M. Tavares
Mythologies
Le Quartier, Les Messieurs
Une jeune fille perdue dans le siècle à la recherche de son père
Matteo a perdu son emploi
Un homme : Klaus Klump & la Machine de Joseph Walser
Monsieur Swedenborg et les Investigations géométriques
Un voyage en Inde
Monsieur Walser et la Forêt
Monsieur Brecht et le Succès
Apprendre à prier à l'ère de la technique
Monsieur Calvino et la Promenade
Monsieur Kraus et la Politique
Monsieur Valéry et la Logique
Jérusalem

Traduit du russe

Gaïto Gazdanov
Une soirée chez Claire
Le Spectre d'Alexandre Wolf

Cygnes noirs
Le Retour du bouddha
Éveils
Chemins nocturnes

Boris Khazanov
L'Heure du roi

TRADUIT DU SERBO-CROATE

Filip David
La Maison des souvenirs et de l'oubli

Puisque la lecture d'un grand livre est un dialogue
– comme l'a si bien écrit Léon Werth –,
nous vous invitons à le poursuivre
avec un autre titre de notre catalogue :

Cet ouvrage a été mis en pages par

<pixellence>

N° d'édition : L.43EVAN000466.N001
Dépôt légal : mai 2023
Achevé d'imprimer en mars 2023 en Espagne par Liberdúplex